H FANINI BOOKS

LES SALONS DE DENISE

ISBN-13: 978-0692535516
ISBN-10: 0692535519

CRÉDITS Photos :
Page   65 : Cherscal Toussaint
Page   76 : Lisamarie Pierre Casimir
Page 111 : Cherscal Toussaint
Page 207 : Guy-Claude Toussaint

A. Vertulie Vincent

LES SALONS
DE DENISE

c'est parce qu'elle a beaucoup aimé,
qu'elle a beaucoup souffert…

ROMAN BIOGRAPHIQUE

À la mémoire de Denise
(4 avril 1932 - 29 avril 2003).

Denise a survécu par ses quatre enfants et ses dix
petits-enfants…

Merci, Denise…d'avoir dirigé les yeux de mon cœur
jusqu'au tréfonds de ton âme…

Pour toi, mon fils,
avec tout mon amour.

Tulie

Une rose pour Denise

Cueillie de ton parterre
Puissent les pétales de cette rose s'effeuillant
Se confondre au sang de mon cœur s'égouttant
Puisse sa fragrance vers le ciel s'exhalant
Répandre une douce prière pour maman.

TABLE DES MATIÈRES

CRÉDITS : Photos :
Page 66 : Cherscal Toussaint
Page 76 : Lisamarie Pierre Casimir
Page 109 : Cherscal Toussaint
Page 199 : Guy-Claude Toussaint

REMERCIEMENTS

Spécialement à mon psychologue, Françoise Gilson, pour avoir planté cette idée dans ma cervelle.

À mes amis, Ginette Ovide Prophète, Jenny Thomas, Magalie Hurez, Yanick Saint-Victor Dos-Santos de l'avoir entretenue.

À ma petite sœur pour sa profonde sensibilité à retracer certaines pages essentielles des événements.

À mon amie psychologue, Karyne Nicolas Derenoncourt pour ses premières critiques.

À mon amie Irvika François pour son support, sa perspicacité et sa contribution au succès de l'ouvrage, « **LES SALONS DE DENISE** ».

Aux membres de ma famille : j'ai vraiment apprécié votre soutien.

À mes amis, Gina Sainvil, Michael Vallery, Anne-Marie Bernadel, Ellen Besson, Harriet Osias, Leonie Constant, Marie Thérèse Jean-Louis, la feue Raymonde Sainvil, Michelle Sylvain, Marcelle Alexandre et Siedne Desormon pour avoir embrassé l'idée de la création des rendez-vous littéraires « Les Salons de Denise ».

À mes amis et collègues, Stéphanie Sénat, May-Linda Labidou, Taina Glaude, Margarette Pradel, Marie Antoine, Fitzroy Miller pour leur encadrement dans la préparation du manuscrit.

A. Vertulie Vincent

Un remerciement spécial à mon beau-frère, le feu Dr Carlo A. Désinor pour mon introduction dans le monde de la presse. Sous la direction de Carlo, alors que ce dernier était rédacteur au journal Le Nouvelliste, j'ai fait l'apprentissage des reportages des grands matches de football des années 70 au Stade Silvio Cator. J'ai relancé cette activité journalistique au début des années 80, quand j'administrais son magazine culturel « Super Star Magazine ». J'ai revécu les bons moments d'antan interviewant nombre d'artistes haïtiens sur leur vie, leur réalisation, leurs obstacles dans le monde du « showbiz », et leurs projets pour le futur. Je remercie une nouvelle fois Carlo d'avoir inculqué en moi cet esprit de combativité, de ténacité et de réussite.

Je suis aussi heureuse d'exprimer ma gratitude envers les amis de Denise ; Elide et Raymond Michel ainsi que Me Odette Brutus, pour l'invariable affection manifestée à l'endroit de ses enfants, après son départ.

Et finalement, un grand remerciement à Hervé Fanini-Lemoine, éditeur de la maison d'Édition Kiskeya Publishing Co, pour son aide à la correction et à la publication du texte.

À vous tous, je dis un grand merci !

Sachez bien que sans vous, « **LES SALONS DE DENISE** » n'aurait pas vu le jour !

PROLOGUE

Les salons littéraires prirent naissance en France sous le règne du Roi Louis XIV au cours du 16e siècle. Les femmes s'y réunissaient, alors, pour discuter littérature, poésie, musique, philosophie. Au fur et à mesure que les salons s'épanouissaient, les hommes commençaient à s'y intégrer et de grands débats politiques ont ensuite fait leur entrée dans les salons littéraires des femmes. Mais ce mouvement ne se limitait pas seulement à la métropole française. Au cours des siècles suivants, il a fait école et les salons littéraires se sont vite répandus dans bien d'autres pays francophones.

Il a cependant été observé que depuis le milieu du 20e siècle, les salons ont subi une mutation. Un autre courant intellectuel plus dynamique s'est faufilé dans les rangs des femmes. À la chasse d'une carrière professionnelle non moins trépidante qu'absorbante, et faisant face aux restrictions imposées dans certains pays en ce qui a trait aux rencontres en groupe, il ne reste presque plus aux femmes le temps de se consacrer, par le truchement de la beauté de l'art, à l'ennoblissement de leur cœur… à l'élévation de leur âme. De nos jours, le pivot central de la majeure partie des rencontres -même entre amis ou en famille- se constitue en un moment de défoulement et se repose sur la musique dansante et la becquetance. Ce sont toujours des fêtes pompeuses, des réceptions grandioses, des levées de fonds exubérantes, des banquets majestueux, des galas extravagants, des conférences grandiloquentes, des activités fonctionnelles pesantes où l'on va pour se gaver, danser, se pavaner ou encore endurer le discours d'un orateur assommant, qui déblatère des connaissances magistrales et tend des éloges dissonants à des homologues.

Alors, pour célébrer la vie de Denise sur cette terre, qui fut une amante de la poésie, l'auteure a eu l'idée de créer, le 17 mai 2008, « **Les salons de Denise** » en s'inspirant des salons littéraires des femmes du 16e siècle. Les desseins de « Les salons de Denise » consistent à replonger les générations qui ont pris naissance dans les années trente et d'après, dans l'intimité de la littérature, la poésie, la musique, la peinture, la photographie et l'art en général. C'est dans cette même optique que le, 20 septembre 2010, avec la collaboration de « Les Productions Carlo A. Désinor », en la présence de l'honorable Consul général d'Haïti à New York, Félix Augustin, et la participation d'une de nos précieuses voix haïtiennes, la talentueuse chanteuse d'opéra, Martina Bruno, a eu lieu dans « Les salons de Denise », le lancement du disque compact et d'un livret de poèmes inédits de feu Dr Carlo A. Désinor, « Dis et redis pour elle ». Les invités du premier rendez-vous littéraire espèrent que cette pensée contribuera à pallier la vague égocentrique et stérile de la socialisation courante.

À travers « Les salons de Denise », qui est le résultat de la création des rendez-vous littéraires « **LES SALONS DE DENISE** », l'auteure tente d'esquisser le récit biographique de Denise, autour des quelques poèmes que ses enfants ont pu sauvegarder de son recueil.

A. Vertulie Vincent

« LES SALONS DE DENISE »

Elle a eu une enfance merveilleuse. Elle ne caressait qu'un rêve, celui d'enseigner. Elle n'entretenait qu'une passion, celle d'écrire.

Quant à lui, il était un homme de loi, grand et beau. Il avait pour talent l'art de parler.

Par un simple baiser, un baiser bien banal a germé, au cours d'un bal du 2 janvier, un amour entre les deux. L'amour d'un homme de 31 ans pour une jeune fille de 18 ans. Cet amour s'est vite enflammé, devenu trop ardent et, en peu de temps, s'est consumé en laissant sous les décombres rêve et passion.

Les rescapés : une divorcée et trois enfants. Il faut bien bûcher pour assurer leur survie.

Malgré les chagrins de la séparation, les déconvenues, l'amertume causée par les déceptions, elle est restée égale à elle-même... Elle arrive à pardonner... À aimer... À aimer d'un amour pur, sincère ; d'un amour inconditionnel.

« LES SALONS DE DENISE », une simple histoire où l'amour fait rêver, la trahison tue et le pardon émerveille.

A. Vertulie Vincent

A. Vertulie Vincent

CHAPITRE I

A. Vertulie Vincent

A. Vertulie Vincent

Cinq ans déjà...

Sur un air méditatif, le déclic de son poste de radio-réveil déclencha. Le carillon de la musique de *Kitaro*[1] emplit sa chambre encore obscure... *L'aube, le soleil se lève...* Il était 5 heures 30.

Tout en faisant la moue, à plusieurs reprises, Matulie s'est retournée au-dessous de sa chaude et douillette couverture en laine. Elle voudrait bien remonter le drap sur sa tête et se rendormir ; pourtant, avec une certaine indolence, elle quitta son lit.

Une longue et stressante journée de travail l'attendait. Pour se remettre d'aplomb, elle a, comme à l'accoutumée, maintenu quelques poses du yoga et exécuté ses mouvements d'étirement, suivis d'un moment de méditation. À la volée, elle prit sa douche et avala son petit déjeuner. En un clin d'œil, elle enfila ses vêtements et s'enveloppa de sa longue écharpe noire. Son sac au dos, elle sortit, tout en pressant le pas, pour aller rattraper l'autobus qui la conduirait à la station de métro. Sa destination : le Siège de l'Organisation des Nations Unies (ONU) à

---

[1] Masanori Takahasi alias Kitaro: artiste japonais, compositeur de la musique « Fusion ». Egalement compositeur de musiques de films. Il obtint le Prix de Victoires de la musique du film « Le Ciel et la Terre » en 1994. En l'année 2001, il obtint également le Prix de Victoires de la musique pour son album « Je pense à toi ».

3

New-York, où elle travaillait au Cabinet du Secrétaire général depuis tantôt vingt ans. Au-dehors, il faisait un petit peu frisquet. C'était l'aurore ! C'était le printemps !

Au cours du chemin, assise dans le métro bondé à craquer, elle était noyée dans ses pensées. Elle n'entendit même pas ce prédicateur casse-pieds qui, tous les matins, la tapait sur le système nerveux, en vociférant des versets bibliques sur la fin des temps, prêchant la repentance. Sa poitrine était lourde d'émotion. Derrière ses lunettes à verres noirs, elle essayait de dissimuler ses larmes qui, malgré elle, sillonnaient ses joues. Elle pleurait. C'était le jour du 29 avril 2008... Cinq années déjà écoulées.

Comme dans un éclair, une idée lumineuse zébra son esprit ! Non ! Il ne fallait plus pleurer. Mais célébrer à cœur joie !

Elle repassa dans sa mémoire lesquels de ses amis, feraient la fête avec elle pour commémorer cet anniversaire.

« Hum ! Fabina, elle s'occuperait bien de la carte d'invitation; elle avait si bien artistiquement conçu le thème de ses noces quelques années auparavant. Olivia, oui, la grande et imposante Olivia ! Celle qui aime déclamer, elle serait bien sûr ravie de dire quelques poèmes. Ah oui, il y a aussi Siedne ! L'homme, à la voix bien grave comme celle de mon père, qui est aussi né le même jour que ma mère ».

Et Matulie s'exclama !

« Ca y est ! Il va être le clou de la célébration ! »

Arrivée au bureau, assise devant son ordinateur, après avoir exécuté les tâches urgentes, Matulie s'attela à échanger du courriel d'abord avec Fabina et ensuite avec Siedne pour leur faire part de son projet.

— Bonjour ma chère ! Aujourd'hui, je ressens une folle envie de célébrer... J'ai envie de chanter... J'ai envie de déclamer... J'ai envie de crier ma joie sur tous les toits. Alors, que penses-tu d'une petite rencontre avec quelques amis chez moi, le mois prochain ?

— Finalement, Madame essaie de sortir de l'hibernation. Alors, puis-je demander à quoi est due cette transformation ?

— Tu ne vas vraiment pas me croire. Enfin, je veux célébrer la vie de ma mère ! Je veux la chanter ! Je veux l'honorer ! Je veux l'immortaliser ! Je vais tout de suite envoyer un message à Siedne pour lui en faire part parce qu'il sera le noyau de la fête. Je reviendrai vers toi pour les autres invités, la conception et tout le reste... Grosses bises, ma chère ; à bientôt !

— À vos ordres, Madame, c'est vous qui commandez !

— Bonjour Siedne ; quel est ton poème préféré que tu accepterais de dire en présence d'une douzaine de dames d'un certain âge, un soir de mai ?

— Ah ! Toi, tu n'arrêtes pas de me surprendre. Moi, un homme, si timide, déclamé en présence d'une douzaine de dames d'un certain âge ? Mais, Matulie, tu sais que la discrimination n'est pas de mise à l'ONU.

— Ah oui, il y aura aussi mon copain et l'époux de ma fille adoptive. Toi, tu seras le seul invité qui ne soit pas de la famille.

— Et pourquoi me revient cette déférence ? Va-t-on pouvoir prendre une flûte ensemble ce soir-là ?

— Flûte de champagne, flûte, luth, harpe, violon, violoncelle, piano, guitare, clarinette, trompette, tambour… Pourquoi pas ?… Bientôt ce sera le mois de mai, le mois des fleurs, le mois des mères. Et aujourd'hui, ramène le cinquième anniversaire depuis que celle qui m'a enfantée nous a laissés. Elle adorait chanter. Elle se passionnait de la poésie. Une flûte avec toi, au cours d'une soirée poétique, dans mon petit chez moi, serait l'idéal en l'honneur de celle avec qui tu partages la date du jour qui l'a vue naître. Je sais que tu meurs d'envie d'éprouver quelques étapes de la vie de la dame qui va être à l'honneur ce soir-là.

— Ah oui, tu as vite deviné mon train de pensée ! Alors, je suis tout ouïe !

Matulie commença donc avec la chronique des quelques moments de la vie de sa mère qui lui étaient restés gravés dans la mémoire.

A. Vertulie Vincent

Elle avait l'âme d'un artiste...

Par un bel après-midi d'été de l'année 1970, Matulie et quelques-uns de ses amis : Armand, Lorraine, Jules, Lelio et Pierre, groupés à l'ombre d'un arbre chargé de fruits à pain, étaient en train de bavarder devant chez elle. Quand tout à coup, Lelio (l'artiste), tout en prêtant une oreille très attentionnée, s'inclina contre le muret de clôture. Il porta aussitôt le doigt sur la bouche pour les prier de faire le silence. Les autres s'attendirent à ce qu'il annonçât une nouvelle en flash.

Chacun se regarda l'un l'autre avec des yeux inquisiteurs.

— Mais qu'est-ce qui lui prend celui-là ? Qu'est-ce qu'il a encore comme idée farfelue à nous raconter ? répliqua Armand.

Et Lelio d'y ajouter :

— Cette voix, ne l'entendez-vous pas ? Vos sens doivent vraiment être insensibles à la beauté pour n'avoir pas pu, d'un coup, capter l'incantation de cette voix mélodieuse qui nous parvient du fond de la maison.

Chacun soudainement s'appliqua à écouter, et une mélodie du folklore haïtien arriva comme une plainte :

Manman loumanja e, mwen di manman loumanja mwen se pitit ou
(Manman Loumanja, Je le dis, Manman Loumanja, je suis votre enfant)

Ou pa p manje m jouk nan zo,
(Vous n'allez pas me manger jusqu'aux os (châtier)

Manman loumanja eeeee,
mwen di manman loumanja mwen se pitit ou,
(Maman Loumanja, Je le dis, Maman Loumanja, je suis votre enfant)

Ou pap manje m jouk nan zo,
(Vous n'allez pas me manger jusqu'aux os (châtier).

Wa mande gras pou mwen nan pye papa Bon Dye pou pitit sila yo,
(Demandez la grâce pour moi (intercèdez) auprès de Dieu le Père qui est bon, pour ces enfants-là)

Wa mande gras pou mwen nan pye papa Bon Dye pou pitit sila yo.
(Demandez la grâce pour moi auprès de Dieu le Père qui est bon, pour ces enfants-là)

Des tremolos s'en suivirent...

mmmmmm, mmmmmmm, mmmmmm
mmmmmmm...

Et la voix recommença à monter en crescendo....

Wa mande gras pou mwen nan pye papa Bon
Dye pou pitit sila yo.
(Demandez la grâce pour moi auprès de Dieu le
Père qui est bon pour ces enfants-là).
Tanpri mande gras pou mwen nan pye papa Bon
Dye pou pitit sila yo.
(Je vous en supplie, demandez la grâce
(intercèdez) pour moi auprès de Dieu le Père qui
est bon pour ces enfants-là).

Lelio y a mis tout son cœur pour apprécier le
refrain, et tout en applaudissant, il reprit :

« Cette dame, que fait-elle devant cette machine
à coudre ? Ce n'est pas sa place... Elle est en
train de toucher les cordes de ma sensibilité...
Avec cette voix, elle devrait être sur scène ! »

En effet, Denise avait une voix admirable...
tantôt chaude... tantôt poignante... tantôt
langoureuse... Qu'elle fût en train de chanter ou de
déclamer, l'intensité de sa voix faisait toujours vibrer
les cœurs. Elle était tout ce qui est art !

Née aux Gonaïves[2], un matin de printemps, le 4 avril 1932, Denise fut la quatrième enfant des époux Gilles et Lumène Gérard. Elle était une petite fille très adorable. Elle avait un teint clair avec des cheveux lisses qu'elle hérita de sa mère qui descendait d'une lignée allemande; un visage ovale avec des pommettes saillantes qui laissaient apparaître ses fossettes au moindre petit sourire; de petits yeux bruns fendus qui lui ont valu le sobriquet de « *Ti Chine* » et qui aussi inspiraient la confiance; des lèvres charnues, bien tracées sur lesquelles s'ouvrait une denture singulière d'une apparence de recul de la partie supérieure des incisives et où s'alignaient des dents d'une blancheur aussi immaculée que celle des rangées de petites bourres de coton étendues dans les champs de la Vallée de l'Artibonite. Bien qu'elle fût de petite taille, elle avait un port de danseuse, avec un profil bien galbé. À mesure que Denise grandissait, sa beauté s'épanouissait. Elle s'était transformée en une jeune dame super-charmante. Dieu lui avait aussi fait don d'une intelligence extraordinaire. Très choyée par ses parents, elle a eu une enfance merveilleuse.

Depuis son adolescence, Denise a toujours adoré chanter. Sa mémoire était aussi formidable que sa voix. Elle avait la faculté de mémoriser autant de chansons des chanteurs français comme Charles Aznavour, Édit Piaf, Tino Rossi, etc., qu'elle en avait mémorisé des chanteurs haïtiens et espagnols comme Martha Jean-Claude, Lumane Casimir,

---

[2] La troisième ville principale de la République d'Haïti située dans le département de l'Artibonite

Gérard Dupervil, Roger Colas, Javier Solis et Eydie Gorme.

J'aime chanter les chansons tristes.
Elles traduisent mon état d'âme.
Je les vis quand je les chante.
Ce n'est pas ma voix...
Ce n'est pas mon talent que je veux exhiber...
C'est mon expérience de la vie qui m'appelle à méditer ...

Denise était imbibée du romantisme avec la lecture d'Alexandre Dumas, d'Alphonse de Lamartine, d'Honoré de Balzac, d'Alfred de Vigny, les célèbres écrivains français des 17e et 18e siècles.

Dès l'âge de 12 ans, je fouinais à la bibliothèque pour trouver des romans que je dévorais avec une avidité unique...

La poésie était aussi l'une de ses passions. Elle raffolait d'Alfred de Musset et d'Aurore Dupin, dite George Sand. Elle citait très souvent des passages de la *Divine Comédie* de Dante (Durante degli Alighieri). Elle pouvait déclamer tant de strophes de poètes français comme Jean Racine, Pierre Corneille et Victor Hugo qu'elle pouvait en réciter de poètes haïtiens comme Ignace Nau, Coriolan Ardouin, Oswald Durand et Virginie Sampeur. Quand elle déclamait, elle avait la magie d'éveiller les mille et une émotions de son auditoire.

À ses heures, Denise se plaisait aussi à composer des vers, mais ses enfants n'ont jamais eu l'occasion de prendre connaissance de son recueil.

Les écrits, c'est une manifestation extérieure
La douleur d'une mère, c'est intérieure et beaucoup plus forte...
Son cœur, le plus grand mystère de Dieu,
Nous ne le comprendrons jamais !

Elle rêvait d'être institutrice...

Par sa verve, en raison de son humanisme, au nom de son amour pour les autres et sa soif de connaissances, Denise possédait le fond pour devenir une parfaite institutrice. Dès son jeune âge, elle se voyait déjà parmi ses élèves, ou bien en chaire ou bien devant son grand tableau noir, craie à la main, en train de leur transmettre tout ce dont elle avait reçu de ses aînés. Elle rêvait de pouvoir instruire et surtout... de pouvoir éduquer. Au terme de ses études de brevet élémentaire à l'École des Sœurs Saint-Pierre Claver de l'institution Saint-Joseph de Cluny de sa ville natale, ses parents l'envoyèrent à Port-au-Prince, la capitale d'Haïti, pour poursuivre ses études supérieures. Elle fut admise à l'École Normale Élie Dubois[3], une institution très bien vue pour ses méthodes d'enseignement et sa discipline. Elle était aussi interne au pensionnat de l'Institut. Denise était une élève très brillante. Dotée d'une intelligence notable, elle était presque toujours à la tête de sa classe. Elle avait donc le privilège de suivre des cours extra-curricula. Elle aimait la couture et la cuisine.

---

[3] L'École Normale Elie Dubois: institution fort réputée en Haïti pour son enseignement primaire, secondaire, professionnel et universitaire aux jeunes filles.

A. Vertulie Vincent

Il a conquis ma vie en une soirée de bal...

Ce fut au cours d'un bal du 2 janvier de l'année 1951, alors que Denise était retournée au bercail pour les vacances de fin d'année, qu'elle fit la connaissance de Rode, un ami de son frère aîné. Ce soir-là, Denise portait l'une de ses plus belles parures nouvellement commandées du grand magasin Sears des États-Unis d'Amérique. Sa robe en soie sauvage, d'un vert chartreux, moulait voluptueusement sa forme. La partie antérieure du cou, en forme d'un « L », relevée de deux plis creux à l'épaule droite et d'un autre à l'épaule gauche tombant en voûte sur sa poitrine, et la profondeur en forme d'un « V » beaucoup plus accentuée à l'arrière laissaient admirablement apparaître la rectitude de son maintien. Le froncement, subtilement défini de chaque côté de la jupe, dessinait agréablement l'ampleur de ses hanches. Le bas de la jupe légèrement fendu à l'arrière, et qui se fermait en mourant jusqu'au niveau de ses mollets rondelets, laissait délicatement entrevoir ses chevilles fines. La ceinture, à peine perceptible, rattachée par une petite boucle ronde en perles, d'un encadrement doré, mettait onctueusement en exergue sa taille de guêpe. Ses superbes chaussures blanches avec demi-talons, venues d'Italie, qui protégeaient ses petits pieds tout menus, lui donnaient assurément la démarche d'une princesse. L'harmonie des perles qui entouraient son cou,

17

agrémentée des boucles en perles, à fermoir pincé de couleur d'or, qui ornaient ses oreilles, rehaussait lumineusement son visage angélique. Elle était d'une fraîcheur, d'une joliesse et d'une élégance du tonnerre ce soir-là ! Dès l'abord, pour Rode, ce fut l'amour à première vue !

Accompagnée de son groupe d'amis, de ses sœurs et frères, Denise se trouvait autour d'une table non loin de la piste de danse. Debout à proximité, Rode observait cette petite princesse. Bien qu'il fût intimidé par sa beauté et sa finesse, il a décidé de l'approcher.

— Me feriez-vous l'honneur de m'accorder cette danse, Mademoiselle ?

Saisie par le charme de cet homme beau comme un dieu nubien, le cœur de Denise se mit à battre la chamade. Dans un moment d'hésitation, elle baissa les yeux pour les relever. Et avec une grâce indescriptible, elle lui tendit sa main droite.

Au son d'une contredanse, il l'entraîna sur la piste et commença à la bercer. De sa voix de poitrine, de temps à autre, il se penchait pour lui susurrer un petit mot à l'oreille.

— Le parfum de vos cheveux m'attire.

En guise d'un « merci », Denise ne laissa échapper de sa gorge qu'un bruissement.

— C'est la première fois que je vous vois en compagnie de vos frères et sœurs. Vous êtes aussi ravissante que les perles qui entourent votre cou?

Denise fit la muette. Le chat avait pris sa langue ce soir-là.

Et Rode d'ajouter:

— Je suis jaloux de ce coffret qui vous a gardée pendant si longtemps loin de mes yeux.

Au son de la dernière note de la pièce de musique, Rode glissa ces mots au creux de son oreille.

— Je vous remercie de m'avoir accordé cette danse. Puis-je à nouveau vous inviter à danser ?

Et Denise timidement laissa entendre sa voix:

— Je vous en prie.

Tout en l'imprégnant de son regard, Rode reprit :

— J'ai aimé l'harmonie de nos pas. J'aimerais être plus près de vous. Avez-vous une préférence pour un rythme particulier, par exemple : le boléro ?

— Vous me faites rougir. En fait, je n'ai pas de préférence. Comme la lecture, le son de la musique m'aide à m'évader.

Dans un élan de tendresse, avant de la raccompagner à sa table, Rode doucement déposa ses lèvres pulpeuses sur le front de Denise pour la remercier encore une fois.

Ce simple baiser réveilla la princesse. Elle a délicatement soulevé la tête pour retrouver les yeux de Rode qui la caressaient avec une suavité enivrante. Soudainement, elle tressauta sous le coup de l'émotion. C'était le coup de foudre. Et ils ont passé toute la soirée à chasser leurs pas autour de la piste au rythme cadencé des chansons tubes de l'époque.

L'allure majestueuse de ce bel homme au teint d'ébène lisse comme du mahogani bien lustré, le timbre de cette voix mielleuse qui murmurait des paroles enchanteresses, ce corps qui se pliait avec tant de finesse, tout cela, fit tourbillonner la tête de Denise. Ce prince charmant s'était emparé de son cœur. Au cours des prochains jours, du lever au coucher du soleil, le nom de ce jeune homme était devenu la ritournelle. Denise ne pensait qu'à lui ; ne parlait que de lui ; ne respirait et ne transpirait que du Rode !

Les vacances de fin d'année furent de courte durée. Denise devait retourner à Port-au-Prince pour la rentrée des classes. Ce fut pénible. Mais ils se sont promis de garder chacun un journal qu'ils se communiqueraient à la fin de chaque semaine. En ces temps-là, les étudiants n'utilisaient pas le service postal pour transmettre leur lettre. Le chauffeur d'autobus qui faisait le trajet des Gonaïves à Port-au-Prince était plutôt leur facteur. Denise se rendait à la gare routière presque chaque samedi pour aller quérir ses lettres et aussi profiter de l'occasion pour remettre au chauffeur un paquet destiné à son prince. Quelquefois, elle prenait avidement une première lecture de ses courriers à même la station. Car son cœur assoiffé ne pouvait attendre qu'elle arrivât jusqu'à la pension pour se fondre devant les écrits ardents et passionnants de Rode. C'était l'extase !

Leurs échanges de pensées et l'intensité de l'expression de leurs sentiments à travers leur correspondance ont très vite fait grandir leur amour. Denise et Rode ne pouvaient attendre la fin du second trimestre de classe pour être à nouveau réunis.

À l'arrivée des fêtes de Pâques, c'étaient des retrouvailles des plus émouvantes. Tout au cours des vacances, les amoureux aveuglés ne rataient jamais une occasion pour être ensemble. Tant pour des rencontres d'après-midi sur la galerie pour des jeux de mots, que pour des petites fêtes théâtrales de maison, ils répondaient toujours à l'appel. Quand il s'agissait des soirées de promenades sur le quai après le dîner, ils étaient tous les deux émerveillés comme deux enfants en quête d'une nouvelle aventure. Ah, ils n'oubliaient jamais les petits bals de salon, et les fêtes nocturnes. Leur amour s'affermissait.

Pendant ces deux semaines de vacances, Denise caressait l'idée de pouvoir rester encore plus longtemps dans la Cité de l'Indépendance pour célébrer son 19e anniversaire de naissance, ce 4 avril, en compagnie de son amoureux. Ce qui n'en saurait être le moins du monde une question pour les parents de Denise ! Mais il fait quand même bon de rêver !

Les jours se sont vite écoulés. En un clin d'œil, c'était la fin des vacances pascales. Cette fois-ci, la séparation fut beaucoup plus attristante. Denise, consternée, se trouva donc dans l'obligation de retourner à l'internat de l'école bien avant sa fête. Ses classes devraient recommencer au matin du lundi 2 avril. Ils se sont alors donné rendez-vous sur la rive pour l'après-midi du vendredi, la veille de son départ.

Quand ils se sont retrouvés, le soleil printanier commençait déjà sa descente vers l'horizon. Denise, subtilement, glissa sa main sous le bras de Rode. Et ils s'éloignèrent.

— Marchons jusqu'au bout du quai, veux-tu ma chérie ? J'aimerais être plus près de toi. Ici, c'est un petit peu trop encombré. Soustrayons-nous du regard curieux de ces badauds qui musardent par ci et par là !

— Comme tu le veux, mon chou.

Arrivé à destination, la prenant par la taille, Rode souleva Denise pour l'asseoir sur un grand rocher proche du rivage. Debout juste à côté, Rode fit reposer la tête de Denise au creux de son épaule tout en enlaçant ses bras autour de son corps. Denise à son tour fit de même. Le clapotis des vagues, l'odeur iodée de la mer, la senteur des algues marines, le ciel paré bleu-gris cendré rayé d'une touche de rose et d'orange et la brise légère leur caressaient le visage. Tout un mélange enivrant rendait complice l'atmosphère douce et sereine, les invitant ainsi à s'abreuver passionnément à la source de l'amour. Ils sont restés là, entrelacés ; en silence, tout heureux de jouir du spectacle paisible de cette boule de flamme, d'une alliance de jaune orangé et de rouge, qui projetait un reflet pourpré sur l'océan à mesure qu'elle s'engloutissait au-dessous d'un horizon divin. Le temps était vite passé. Le soleil s'était complètement éteint pour faire place, dans le ciel, au croissant de lune marié aux légions d'étoiles. Il arriva alors le moment de se dire au revoir. Après des embrassades interminables, ils se sont enfin départis avec la promesse habituelle de s'écrire un petit mot chaque soir avant de s'endormir.

A. Vertulie Vincent

Il a brisé ma vie en une soirée de bal

De retour au pensionnat, Denise et Rode ont repris leurs habitudes de se communiquer leurs écrits toutes les fins de semaine. Pour les amoureux, les trois mois de séparation semblaient durer toute une éternité ! Ils avaient hâte de voir arriver les vacances d'été pour être à nouveau ensemble. Cette fois-ci, ils auraient beaucoup plus d'occasions pour se rencontrer pour de petites randonnées à la campagne ou à la plage, des excursions en montagne, sans compter toutes les autres activités urbaines ou champêtres qui s'organisaient habituellement dans la cité et ses environs tout au long de l'été.

Les vacances ne se sont pas fait trop attendre. Elles ont tout aussi bien vite terminé comme elles sont arrivées. Lamentablement, quand on est jeune et que l'on s'amuse, on ne voit pas le temps passer. Déjà la fin de l'été 1951, une nouvelle année scolaire allait débuter comme à l'ordinaire le deuxième lundi du mois d'octobre pour la rentrée des classes, c'est-à-dire le 8 octobre.

Tantôt une année depuis que Denise avait fait la connaissance de Rode. Il ne manquait que trois mois pour célébrer le premier anniversaire de leur amour. Denise s'apprêtait à partir pour retourner à Port-au-Prince pour sa dernière année d'études. Ils sont convenus, comme d'habitude, de se retrouver sur la passerelle du quai, au crépuscule, le vendredi précédant le jour de son départ.

Magistralement planté parmi les palmiers qui garnissaient le littoral, chemisier blanc vêtu, coiffé de son chapeau style « panama », Rode scrutait tout au loin la silhouette de Denise qui n'apparut point. Après un moment d'attente, il repéra Denise dans le lointain et alla à sa rencontre à mi-chemin. En arrivant près de la berge, il l'attira un peu dans la pénombre. La prenant par les deux mains tout en les pressant fortement, il plongea ses yeux dans les siens et s'arrêta un moment pour l'admirer.

— Te voilà enfin ! Comme tu es jolie, ma puce... Ce mariage de couleurs cannelle et blanc cassé que tu portes là te va à merveille... T'en rends-tu compte, combien tu es jolie ? Je perdais l'espoir de te revoir avant ton départ. Je t'aime tant !

Rode croqua avidement les lèvres de Denise dans un long et passionnant baiser tout en lui glissant doucement les doigts entre les cheveux.

— Pardonne mon retard, j'ai dû ralentir mes pas...

À la suite de cette saisissante étreinte, Denise laissa finalement entendre sa voix tout éplorée, dans un geste timide, en se baissant les yeux et en se mordillant la lèvre inférieure.

Rode se pencha à nouveau vers Denise et l'embrassa sur le front. Batifolant, il laissa échapper ce propos qu'elle avait pris de l'embonpoint. En guise de réponse, un simple petit sourire éclaira le triste visage de Denise. La rencontre fut de courte durée ; Denise devait vite rentrer à la maison pour mettre la dernière main aux préparatifs de départ. Ses yeux fontaine n'ont pas échappé à Rode.

— Que cachent ces larmes ? ... Hum ! As-tu un secret à me dévoiler, mon ange ?

Rode la prit de nouveau dans ses bras, tout en l'apaisant, il tira de sa poche son mouchoir pour essuyer les larmes qui perlaient les yeux de Denise. Elle étouffait une angoisse qui la déchirait le cœur. Encore une fois, ils s'embrassèrent :

— Mon petit bout de chou, je déteste te voir t'en aller... Si je pouvais arrêter le temps... Tu m'écriras dès ton arrivée, n'est-ce pas ?

Rode lui couvrit le visage de baisers tout en lui murmurant des mots d'amour.

— Que je t'aime ! Ma douce et tendre chérie ! J'aimerais tellement confondre mon corps au tien, et te garder pour l'éternité ! Tu me manques déjà ! Que vais-je faire de mes longues et sombres journées pour combler ce vide que tu es en train de créer ?

Avec une certaine candeur, Denise laissa sobrement entendre ces quelques mots...

— Tu penseras à moi... Et chaque fois que tu penseras à moi, tu m'écriras. Je te le promets, je t'écrirai dès mon arrivée... Et surtout, souviens-toi combien moi aussi je t'aime.

Rode, tendrement, effleura un dernier baiser sur la main de sa conquête. Chacun de leur côté, ils s'éloignèrent dans un regard plein d'amour... Tout en le pressant contre sa poitrine, elle emporta avec elle le mouchoir qu'elle avait pris de ses mains.

Le samedi du départ pour Port-au-Prince était arrivé. Cette fois-ci, c'était pour boucler ses études professionnelles. C'était sa dernière année. Denise devait s'en réjouir. Une année, cela devrait vite passer. Elle serait bientôt libre de retourner aux Gonaïves et faire carrière dans la profession dont elle avait toujours rêvé. Ainsi, elle aurait l'occasion d'être pour toujours plus près de l'homme qui faisait palpiter son cœur ; plus près de l'homme qu'elle aimait ; plus près de l'homme qui l'ensorcelait ! Au vu et au su de tout le monde, Denise et Rode vivaient le parfait amour !

Cependant, bien que les vacances estivales durent plus de trois mois, s'approchant vertigineusement vers la fin du mois d'août, un dénouement inattendu était venu créer une sorte d'appréhension dans son cœur. Elle avait déjà commencé à se sentir maussade ; un peu mal dans sa peau. Il y avait quelque chose de différent ! Son air joyeux avait très souvent fait place à l'irritabilité. Elle éprouvait des périodes de courbatures, de maux de tête, de sautes d'humeur, et des sensations de haut-le-cœur. Quelquefois, elle se sentit si misérable qu'elle eût voulu se cloîtrer, sans ne plus jamais réapparaître. Ce qui était le plus inquiétant, c'est qu'elle n'arrivait pas à palper la provenance de ce spleen ! La seule activité qui pouvait alléger tous ces changements hormonaux et à laquelle elle trouvait du plaisir, c'était quand elle se soignait d'un manu-pédicure – son humeur noire semblait s'évaporer à l'odeur fruitée du vernis à ongles. Elle avait bientôt fini par perdre sa bonne mine. Et, elle ne jouissait plus d'une bonne santé. Ses malaises avaient persisté jusqu'à son retour au pensionnat. Des jours, cela allait bien ; mais certains matins, même sortir du lit fut pour elle un labeur éreintant. Elle se trouvait extrêmement épuisée. Néanmoins, elle ne se lamentait guère. Elle était assez courageuse. En aucun moment, elle n'a fait le compte de ses déboires à personne. Vers la fin du mois d'octobre, les bonnes sœurs de l'infirmerie de la pension, ne pouvant remédier aux troubles de santé de Denise, ont dû alors faire appel à ses parents pour venir la chercher.

Une fois Denise rentrée aux Gonaïves, ses parents, inquiets de son état, l'emmenèrent sur-le-champ pour être consultée par le médecin de famille. Quand ils sont arrivés à la clinique, le médecin les a reçus en toute urgence.

— Alors Gilles, qu'est-ce qui vous amène ici en compagnie de Denise au début de l'année scolaire. N'est-elle pas censée être au pensionnat en ce moment ?

— Oui, mon cher. En effet, elle devrait y être. Mais les sœurs m'ont convoqué la semaine dernière pour aller la quérir. Elle avait des problèmes de santé.

Le médecin se tournant vers Denise lui adressa la parole :

— Alors, ma petite, qu'est-ce qui ne va pas ?

Denise, les yeux rivés au sol, murmura lentement.

— Je ne sais pas, Docteur.

— Ressens-tu une douleur quelconque, quelque part?

— Non, pas vraiment. À part des maux de tête de temps en temps. Et la toux et le vomissement qui n'arrêtent pas...

— Qu'est-ce qui s'est passé? Y a-t-il eu un incident à l'école. Avait-on servi quelque chose de nouveau à la cafétéria de l'école ? Es-tu la seule à être malade ?

Après avoir réfléchi un moment, Denise s'empressa de dire :

— Ah oui ! La seule chose dont je me souvienne ! C'était un samedi. Il était aux environs de quatre heures. Nous, les filles, étions sur la cour. Il a commencé à pleuvoir. Tout le monde s'empressait pour regagner l'auditorium. Mais la sœur supérieure nous avait réprimandées en égosillant : « Restez sur la p'louse, restez sur la p'louse, ce n'est qu'un nuage qui passe ». Alors que l'on était toute trempée, j'ai voulu remonter au dortoir pour me changer. Elle nous a gardées sur la cour jusqu'à l'heure du dîner. J'avais froid. C'est ce qui a déclenché ma toux et le vomissement qui refusent de me donner un répit. Je dors à peine. Je me sens aussi très fatiguée.

— Alors, on va voir, de quoi il en retourne, n'est-ce pas ?

Au cours de l'examen, le praticien avait déjà relevé quelques indices du diagnostic. Mais voulant se rassurer de sa condition, il avait aussi recommandé des tests de laboratoire.

En prenant congé de Gilles et de Denise, le médecin ajouta :

— Je t'enverrai une petite note dès que possible, mon cher ami.

Et ils sont partis.

Dès la réception des résultats, le généraliste fit parvenir le message à Gilles. Il voulait le voir très tôt le lendemain, dans son cabinet. Au cours de la nuit, il se confia à sa femme :

— Mène, je me sens un peu inquiet ; je ne sais pas pourquoi. Den a dit au médecin qu'elle toussait et vomissait sans arrêt.

— Ne t'en fais pas, Gigi. La toux a cessé, paraît-il, le vomissement va aussi cesser. J'en suis sûre. Dans tous les cas, attends les résultats du médecin avant de t'alarmer.

Il n'a pas pu fermer l'œil. Et des centaines de questions lui vrillaient les tempes. « Qu'est-ce qui pouvait bien arriver à sa fille chérie ? Avait-elle à nouveau contracté quelques autres bizarreries ? Va-t-elle pouvoir s'en sortir comme la dernière fois ? » Des clichés plutôt lointains refaisaient surface dans sa mémoire. Il revit Denise dépérissant sous ses yeux alors qu'elle n'était encore qu'une gosse lorsqu'elle avait été frappée par une maladie mystérieuse, qui la détruisait à petit feu et qu'on n'avait jamais pu diagnostiquer. Il s'est souvenu de ces nuits blanches passées à son chevet. Pendant quelque temps, cette maladie l'avait paralysée des deux jambes. Ce fut comme par un miracle de Dieu qu'elle fut encore en vie et profitait de sa bonne santé. Il s'affola davantage en pensant à Thérèse, une des sœurs de Denise, récemment décédée. Lumène a essayé par tous les moyens de le calmer. Malgré tout, il n'avait pas fermé l'œil de la nuit.

Avant l'aube, Gilles sauta de son lit au même instant que sa femme. Ils se préparèrent pour participer à la messe de cinq heures, –ce qui n'était pas de ses habitudes–. À leur retour, assis autour de la grande table de la salle à manger, accompagné de son café matinal, Gilles n'a pu cesser d'enrouler des cigarettes qu'il fumait à la chaîne. Lumène l'a supplié de terminer avec son petit déjeuner qu'il avait à peine grignoté. De l'autre côté, Denise ne pouvait pas non plus rester au lit. Elle ressentait l'étreinte de la peur qui se manifestait par certains malaises —elle avait le cœur sur le bord des lèvres et a dû aller s'enfermer dans les commodes au fond de la cour.

Finalement, vers sept heures, Gilles sortit pour aller voir le médecin qu'il devait rencontrer à sept heures quinze. À son arrivée, le docteur était déjà à son attente. Sachant qu'il était à destination pour son bureau, Gilles n'a pas attendu une minute pour se faire voir. Ami de longue date de la famille, le bon docteur a eu du mal à révéler les résultats au père de Denise. Bien qu'il n'eût pas voulu trop le retenir, il a malgré lui « tourner autour du pot ».

— Alors Gilles, quelles sont les nouvelles ? Est-ce que tout le monde va bien ?

— En fait, aucune nouvelle, Doc. Dieu merci, à l'exception de Denise, tout le monde se porte bien.

— Et ta femme, comment va-t-elle ? Depuis la naissance de Cécile, je ne crois pas l'avoir revue pour un examen médical. Et cela fait plus de dix ans.

— En effet. Et Cécile a déjà passé son certificat et a opté pour le Lycée. Je l'enverrai à Port-au-Prince après son premier cycle de brevet. En fait, tu connais la réaction de Mène quand il s'agit de visiter les médecins. Si je devais l'écouter, je n'aurais même pas emmené Denise pour une consultation. Elle ne se fie qu'à ses tisanes et ses frictions, ses purges et ses lavements. Elle a déjà administré quelques potions à Denise.

— Hum ! Et Yellow, comment va-t-il ?

— Il se fait vieux, mais il traîne encore les pattes. Toujours fidèle. Tous les après-midis, il vient à ma rencontre dès qu'il me voit contourner la Grand-Rue à ma sortie du bureau.

— Frimousse a-t-il déjà eu ses chiots ?

— Oui, depuis la semaine dernière. Je t'en avais promis un petit. Tu pourras passer le prendre quand tu voudras.

— Dis, Mignonne a-t-il toujours sa couche à côté de ton lit ?

— Ah oui. La couche, c'est pour les chatons. Tu sais qu'elle aussi vient d'en avoir une portée de six. Je suis tout à fait comblé. Ils sont tout heureux quand je leur enfile leurs petits morceaux de foie dans la bouche. C'est tout un plaisir pour moi de les nourrir et de les voir grandir.

Il y eut un moment de silence. Le docteur Mondais n'était pas seulement médecin de la famille. Il était aussi un grand ami de Gilles. Il avait déjà prévu combien cette nouvelle allait le chagriner.

Enfin, usant beaucoup de délicatesse, il parvint à lui révéler que Denise était enceinte. Ce fut un choc ! C'était comme si Gilles avait reçu un coup de massue sur le crâne. Une bouffée de chaleur lui monta subitement dans la tête. Ne pouvant croire à ses oreilles, il enfouit son visage défiguré entre les deux mains et sombra dans une profonde tristesse. D'un coup, il laissa tomber toute sa dignité et des larmes de honte inondèrent ses joues. En quittant la clinique, au lieu de s'acheminer vers son bureau, situé au bas de la ville, il rebroussa chemin et rentra chez lui. Il a passé le reste de la journée à fumer, à se servir des coups de sa bouteille de rhum Barbancourt et à se plaindre de douleurs. C'était une catastrophe ! Gilles nourrissait un avenir tellement accompli pour sa fille adorée.

— Denise, ma fille... Elle est si intelligente ! Elle est si sensible ! Pourquoi ? Pourquoi ? Pourquoi cela ? Pas à Denise... Non ! Pas à ma petite Denise ! Seulement, neuf mois pour décrocher son diplôme d'institutrice. Et voilà qu'elle ne va plus pouvoir boucler ses études. C'est abominable !

Il n'a pas cessé de répéter…tout en se cognant la tête du poing.

A. Vertulie Vincent

CHAPITRE II

A. Vertulie Vincent

Le tournant crucial.

À cause de sa grossesse, Denise dut abandonner le cycle de sa dernière année d'études à l'École Normale Élie Dubois. Ses parents firent appel à Rode. Une brève conversation assez tendue eut lieu entre Gilles et son futur gendre :

— Alors Rode quels sont vos projets en ce qui a trait à ma fille ? Je suppose que vous êtes déjà au courant de la situation.

— Oui... En effet, Père Gilles. J'avais observé quelques changements dans le comportement de Denise. Bien que j'aie délicatement abordé le sujet avec elle, elle ne s'était pas confiée. Peut-être qu'elle ne m'avait pas compris.

Gilles interpella vivement:

— Évidemment, elle ne saurait vous comprendre ! Comment aviez-vous pu oser faire pareille chose? Aviez-vous pensé aux conséquences? Bien sûr que non. Regardez où vous en êtes là maintenant! Savez-vous combien précieux sont mes enfants à mes yeux ? Nous ne serions pas arrivés là, si vous étiez conséquent dans vos actions. Imaginez-vous que ma fille va devoir abandonner ses études et prendre soin de vous et de vos enfants à cause de votre illogisme ?

Et Rode de reprendre :

— En fait, Père Gilles, je n'avais nullement l'intention d'abandonner Denise, particulièrement en ce moment précis où elle a le plus besoin de moi. Je porte beaucoup d'amour en mon cœur pour votre fille. J'accomplirai mon devoir. Et je le ferai dès que possible.

Lumène, remarquant que Gilles était en train de sortir de ses gonds, pour détendre un peu l'atmosphère, apporta du punch au citron et ils ont tant bien que mal trinqué à la nouvelle vie de Denise. Elle lança une conversation sur les faits divers et la soirée se termina sans aucun heurt.

Juste le temps de préparer un modeste trousseau pour Denise, dans un bref délai ; une union sans grande pompe a eu lieu entre les deux. Denise était donc retournée vivre chez ses parents avec son mari. Cela n'enchantait ni les beaux-parents ni le gendre. Nonobstant, le couple n'avait pas grand choix.

Il n'y avait pas longtemps que Rode avait commencé à pratiquer sa profession de juriste quand il fit la connaissance de Denise. Une année après avoir subi les examens officiels du baccalauréat II (deuxième partie) du gouvernement haïtien, alors qu'il venait à peine de débuter avec ses études universitaires, il fut atteint d'une maladie aussi mystique que mystérieuse qu'il s'alita pour une belle lurette. Maladie qui l'a laissé paralyser du côté supérieur droit. Droitier de naissance, Rode avait dû, par conséquent, interrompre ses études à la faculté pour s'habiliter à écrire avec la main gauche. Il a continué, entre-temps, à s'instruire lui-même jusqu'à sa réintégration à l'École de Droit et des Sciences économiques des Gonaïves, où il décrocha une licence en l'année 1949. Donc, bien qu'exerçant une profession libérale, il n'avait pas encore acquis une stabilité économique pour soutenir un foyer.

Les rapports entre gendre et beau-père étaient tendus. Il y avait incessamment des échanges venimeux entre les deux. À un moment de la durée, Gilles pensait que Rode était un géant à comparer à sa toute menue fille adorée. Un beau jour, les grognements devinrent des jets. Au cours d'une scène assez musclée, Gilles, après avoir eu les genoux pincés au coin d'un lit, lança ces propos à Rode :

— Vous voulez me tuer pour accaparer mes biens. Alors qui vivra verra, si je meurs aujourd'hui, le lendemain, ce sera à votre tour !

Vu l'état de haute tension qui régnait dans la maison, doublée des malaises du début, Denise n'a pas pu porter sa grossesse à terme. Et le 22 février 1952, prématurément, une charmante petite fille vit le jour. Ce petit trésor avait une ressemblance à couper le souffle avec Thérèse, la sœur de Denise, décédée, il n'y avait pas longtemps. Elle avait aussi, assez étrangement, développé en grandissant les mêmes traits d'affinité que Thérèse dont les plus remarquables furent un attachement insurpassable aux pratiques religieuses et une dévotion particulière à la petite Sainte Thérèse de Lisieux.

La fierté des hommes, c'est que leur premier-né soit un garçon et qu'il porte leur nom intégralement. N'en déplaise à la mère, le père voulut quand même que sa première fille portât aussi son prénom. Mais Denise tint tête à son conjoint et souleva l'absence d'euphonie entre le prénom du père au féminin et le nom de famille. La sonorité à l'appellation des prénom et nom ne résonnait pas assez, avec autant d'harmonie que son cœur de poétesse l'obligeât. Elle en a proposé quelques autres comme Françoise, Amélie, Élise, Victoria[4]. Tout compte fait, ils ont opté pour Élise, un prénom très à la mode à l'époque dans l'ancienne métropole française, et ils ont aussi retenu Françoise comme nom de sainte[5].

La situation financière de Rode ne s'était pas encore améliorée pour se procurer sa propre demeure pour sa famille. Bien que ses clients, les prévenus, fussent habituellement absous de leurs

---

[4] Victoire étant le prénom de la sainte patronne de Denise.

[5] Les us et coutumes dans le pays, c'était que les enfants portassent aussi le prénom d'un saint patron.

présumés crimes, ils étaient cependant presque tous des campagnards qui, le plus souvent, s'acquittaient envers lui en denrées.

L'atmosphère de tension dans la maison familiale était toujours sur la corde raide. La petite Élise ne jouissait pas d'une bonne santé. Elle traînait constamment un rhume qui la fatiguait et son état fébrile la rendait quelquefois renfrognée. En dépit de toutes ces circonstances défavorables, une année plus tard, son premier bébé à peine sevré, Denise tomba enceinte d'un second. Après la fille, les époux espéraient définitivement voir l'arrivée d'un garçon. Encore dans le ventre de sa mère, le bébé, durant neuf mois, a été cajolé, caressé, câliné, mignoté et a même été nommé comme un petit garçon. Et à l'heure des braves, le mercredi 21 octobre de l'année 1953, il lança son premier cri. Ce fut une déception pour les parents : elle était aussi une fille. Une deuxième fille. Elle serait donc prénommée après sa grand-mère paternelle ; elle s'appellerait alors Matulie, et son prénom de sainte serait Altagrâce.

Les relations entre la belle-famille et le gendre n'étaient toujours pas au beau fixe. Et sur la piste de danse, à la place des variations des pas de deux du couple, c'était déjà pour Denise, les pirouettes des désillusions du mariage. Elle fut bientôt prise dans un tourbillon de mensonges, de trahison, et de déboires de toutes sortes de la part de son conjoint Rode. Ses grands yeux de velours furent métamorphosés en yeux mensongers, trompeurs et traîtres. Le timbre mielleux de sa voix frisa le feulement rauque du fauve. Il était bruit dans la ville qu'il n'avait pas gardé la fidélité conjugale. Denise en était mortifiée !

Gilles, le père de Denise, contraire à son gendre, avait le sens du devoir familial. Il était bien différent de beaucoup d'autres pères. Que ceux-là fussent éducateurs, médecins, bohèmes, hommes d'affaires, hommes politiques ou hommes de loi, ils éprouvaient, la plupart, un certain plaisir à pulluler des enfants aux quatre coins des rues de la ville ! Parfois, possédés du démon du midi, sans tenir compte de leur foyer, ils se compromettaient avec des jeunes qui portaient, sans aucun doute, l'âge de leurs propres enfants.

Pauvre Denise ! Elle avait toujours rêvé d'un époux avec une conduite modelée comme celle de son père ; ce qui a rendu encore plus odieux le comportement infidèle de son mari. L'humiliation, la peur, les critiques ; toutes les peines, que Rode lui a infligées, ajoutées aux discordes de la famille, tout cela a finalement incité Denise à fuir la ville tout en étant en pleine ceinture avec un troisième enfant. Elle abandonna la maison paternelle, là où elle vivait avec son conjoint, en toute sécurité pour aller prendre asile et cacher son déshonneur avec ses deux filles chez sa sœur aînée Donia, qui demeurait dans la capitale. Même la naissance, par la suite, d'un petit garçon nommé Yves n'avait pu resserrer les liens familiaux. Une année plus tard, le changement fut radical ; le foyer était disloqué.

Denise était issue d'une famille respectable et respectueuse. Les Gérard de l'Artibonite avaient généralement joui d'un certain privilège, même au temps de l'esclavage. On les comptait surtout parmi les esclaves de maison. Du temps de la colonie, on les trouvait tour à tour comme artiste, violoniste, intendant, coché, guérisseur, ou bibliothécaire. Les descendants de la famille Gérard avaient donc toujours été connus dans la région de l'Artibonite, comme faisant partie d'une famille aisée. Son père, en plus d'être fonctionnaire de l'administration publique, possédait de grandes propriétés à Grande Saline, dans le département de l'Artibonite, ainsi que des marais salants où l'on récoltait le sel. Sa mère tenait une boutique d'épicerie.

Denise avait toujours été très chouchoutée par son père, ce qui a rendu encore plus pénible son refuge à Port-au-Prince. Fille d'un comptable de grande estime[6] ; épouse d'un des juristes les plus renommés de la ville ; elle avait, malgré tout, pu briguer un emploi comme institutrice dans un établissement scolaire très réputé de la ville. Elle était maintenant seule à Port-au-Prince, avec ses trois enfants. Pas de présence paternelle. Pas de soutien financier. Pas d'emploi.

Alors quoi faire ? Que faire ?

Durant son cycle d'études à l'Institut Élie Dubois, Denise avait aussi suivi des cours de couture. Maintenant établie à Port-au-Prince, sans

---

[6] Fonctionnaire du bureau du télégraphe terrestre des Gonaïves.

travail et sans salaire, pour subsister, elle a dû investir dans une machine à coudre. À l'époque, la marque « singer » était la machine du temps. En tout premier lieu, elle confectionnait des vêtements pour les amis de sa sœur aînée. Cela ne rapportait qu'une petite misère. Ne pouvant survivre avec le peu qu'elle gagnait, elle s'était aussi versée dans la confection de pacotilles qu'elle consignait au marché Nirvana, un marché situé non loin de son logis. En dépit de tout, son talent avait pris le dessus. Au fur et à mesure, elle a pu bâtir une clientèle. Et graduellement sa situation financière s'améliorerait. Son amour et son dévouement pour ses enfants la poussaient à œuvrer jour et nuit pour arriver à joindre les deux bouts et ainsi subvenir à leurs besoins.

Et c'était la catastrophe ! Le petit Yves n'a pas pu surmonter le fléau. Il n'a vécu que quelques mois. Un après-midi d'été, dégustant sa collation de bouillie, brusquement, il suffoqua dans les bras d'une tante. Le seul, l'unique garçon n'était plus ; l'image de son père était partie. Denise était au désarroi. D'un autre côté, la petite Matulie ne cessa de pleurer pour sa grand-mère. Chaque fois qu'elle les rendait visite, c'était le même drame. Et, avec un cœur saignant de douleur, Denise a dû donc la renvoyer aux Gonaïves pour vivre avec les grands-parents.

Toi qui n'as pas connu de tendresse paternelle
Un avenir optimiste cachera à tes prunelles
Les mystérieuses laideurs qu'ensemence la vie
Indomptable petite fille pour qui les astres ont lui.
En ton étoile fie-toi, ô ma chère Tulie

Dans des conditions assez restreintes, seule et désespérée, Denise a vécu environ quatre ans à Port-au-Prince. Elle s'était habituée à manœuvrer dans les deux pièces de maison que son père lui avait fait construire aux environs du Portail-Léogâne[7].

Entre-temps, son mari, voulant obtenir son pardon, était allé la chercher à la capitale pour la ramener avec lui aux Gonaïves. L'homme, qui avait si souvent répété qu'il fallait ne jamais toucher une femme même avec une fleur, lui avait néanmoins trituré le cœur... Il lui avait couvert d'ignominie. Denise, émotionnellement abasourdie, se sentant spirituellement abusée, sa chair encore meurtrie, son âme endolorie, avait catégoriquement refusé de le suivre. Certaines femmes, sans regimber, auraient embrassé l'état de fait. Cela a toujours été monnaie courante, les hommes infidèles. Pourtant, Denise avait protesté contre la situation ; ce qui a par la suite, sûrement engendré leur divorce.

À peine à la fleur de l'âge, jeune de 22 ans, Denise était divorcée ! Dans la plupart des sociétés de jadis, une femme divorcée n'inspirait que du mépris. Alors, elle n'y avait plus sa place et avait été tout à fait mise en quarantaine ! Si jeune, elle était déjà considérée comme une tare... Réduite au silence... Jetée dans les oubliettes de l'abjection !

Cette décision fut la plus pénible de sa vie. L'homme qu'elle aimait, l'homme qu'elle chérissait,

---

[7] Quartier populeux et commercial au bas de la ville menant vers la route nationale numéro 2.

l'homme qu'elle adorait lui avait publiquement marqué de la gifle de la trahison ! Qu'elle en a souffert ! Pendant longtemps, tous les soirs avant de s'endormir, allongée sur son lit, ses enfants à ses côtés, suivant le parcours des nuages de sa dernière cigarette qui s'envolaient par-delà la fenêtre de sa chambre, elle ressassait les mêmes questions : « Ai-je agi en conséquence ? N'aurais-je pas dû revenir sur ma décision ? Qu'adviendrait-il de mes enfants ? »

Elle souffrait ! Elle peinait ! Elle était écartelée ! Mais l'horreur de la trahison, les lacérations dans son cœur, dans sa chair, dans son âme et dans son esprit lui avaient donné le courage de ne pas regarder en arrière et de poursuivre avec assurance ce turbulent périple dans lequel elle s'était embarquée.

Gilles n'a pas pu se résigner à l'idée de voir sa fille adorée en train de manger la vache enragée au Portail-Léogâne. À la suite de la mort d'Yves, le fils de Denise, Gilles a supplié Denise de retourner revivre avec lui. Elle et ses deux filles cohabiteraient dans le logement contigu à la maison familiale. Denise, voulant tenir tête, n'a pas répondu aux supplications de son père.

L'inquiétude de Gilles allait au-delà du déménagement de sa fille. La chute du Président Paul Eugène Magloire, le 6 décembre de l'année 1956, causa un climat d'insécurité sociale et d'instabilité politique dans toutes les régions du pays ; ce qui augmenta les angoisses de Gilles en ce qui concernait la situation de sa fille vivant seule à la capitale. Denise faisait le récit de quelques soirées, dites insolites. Décrivant ces « soirées de ténèbres » qu'elle a eu à endurer, elle raconta que des foules en rébellion restaient, toute une soirée, figées dans la rue. C'était une émeute qui prenait du plaisir à lancer des pierres au pied des pylônes électriques. Parfois, cela pouvait durer toute une nuit. Pour ne pas être agressée, elle faisait aussi compte de l'exigence du port d'un petit drapeau qu'elle devait agiter quand elle circulait dans ce quartier populeux où elle habitait.

Au bout de quatre ans, l'insécurité, la lutte pour la survie et les exigences de son père ont finalement convaincu Denise de retourner au bercail. Elle a en effet pris résidence dans la maison d'à côté avec Élise. Matulie, qui s'était détachée un peu de sa mère, demeurait encore chez ses grands-parents. Elle adorait la chaleur de leur lit.

Une fois retournée dans la Cité de l'Indépendance, « le berceau », Denise avait repris ses activités d'institutrice. Couturière accomplie, certaines de ses créations avaient un cachet particulier. Et la clientèle ne faisait que s'accroître. Cette fois-ci, en plus de sa machine à coudre « singer », elle s'était aussi procuré une machine électrique de marque « elna ». Cette nouvelle acquisition était plus rapide et possédait des caractéristiques techniques beaucoup plus avancées. À l'aide de disques interchangeables, elle permettait de produire des motifs variés de broderie. C'était une nouvelle touche qui valorisait encore plus ses œuvres et faisait le plaisir de toute sa clientèle. La « singer » était désormais utilisée par les stagiaires qui venaient pour l'apprentissage de la couture chez Denise.

Denise était très adroite avec les ciseaux. Et elle connaissait bien sa machine à coudre. En outre, elle puisait ses idées dans les grands magazines de la haute couture européenne et américaine de l'époque. Par exemple, Vogue, Femme d'Aujourd'hui, Vanidades, Sears, J. C. Penney, etc., étaient ses favoris. Ses clients, des plus sophistiqués jusqu'aux plus modestes, étaient généralement satisfaits de ses coupes. D'aucuns lui avaient même conféré le titre de modiste. Pour la mode des juniors, ses enfants représentaient ses modèles. Une certaine curiosité se faisait ressentir les après-midis d'été quand « les enfants de Denise » marchaient le long de l'avenue Christophe et contournaient la Grand-Rue pour se rendre aux salles de théâtre et de cinéma, situées au bord de la mer. C'était un vrai défilé de mode. Elles étaient toujours bien mises et leurs tailleurs étaient toujours les styles du dernier cri de l'époque. Les chemisiers qu'elle dessinait pour ses cousins Rulx et Victor faisaient autant fureur parmi leurs amis.

En plus de sa profession d'institutrice et de son métier de modiste, Denise pratiquait aussi l'art d'esthéticienne. À l'approche des saisons de fêtes, une journée paraissait s'écouler à la vitesse de l'éclair. Il semblait qu'elle se dédoublait. Elle avait déclaré la permanence. Entre les repassages et les mises en plis des cheveux au courant de la journée et la confection des vêtements, jusqu'à des heures très avancées de la nuit, Denise ne trouvait pas un moment pour se reposer. Lorsqu'elle lui arrivait de jouir d'un moment de répit, elle s'adonnait à la lecture ou à l'écriture ; toujours grillant sa cigarette.

Les cheveux le plus souvent ébouriffés, elle rechignait au moindre contact du peigne avec son cuir chevelu. Elle était continuellement ou bien debout devant son petit four à kérosène en train de prendre soin des cheveux d'une cliente ou bien derrière sa machine à coudre en train de camper une de ses dernières créations. Dans de très rares occasions, elle se créait du temps pour déguster un repas en famille. Autrement, c'était l'une de ses filles ou encore sa cousine Mika, voyant s'en aller la journée sans qu'elle eût pris le temps de manger, qui lui enfilait de temps en temps une cuillerée de nourriture à la bouche. Le repas achevé, c'était la grillade de la cigarette. Après chaque bouffée, en tenant ses jambes en croix l'une sur l'autre, elle la plaçait entre deux de ses orteils. Pour s'en défaire de l'odeur, elle dégustait un morceau de bonbon à la menthe, ou bien elle savourait de la gomme à mâcher.

Mika était pour Denise plus qu'une sœur qu'une cousine. Elle était toujours prête à la supporter dans tout ce qu'elle entreprenait. Elle était aussi d'un bien beau gabarit à faire tourner les têtes. Elle était la seule femme dans l'entourage de Matulie qui s'évertuait à la culture physique et qui s'escrimait à l'absorption de huit verres de liquide par jour.

Comme l'a si bien dit Guy Durosier[8] dans ses chansons : « Ma brune », et « Elle s'appelle Michaelle », elle était « ...très charmante et très belle... » Elle était de ce fait le modèle préféré de Denise. C'était toujours un plaisir à la regarder s'enorgueillissant en portant les dernières créations de la « diva ». Avec un certain émerveillement, une petite robe jaune que Denise avait confectionnée pour Mika revint à l'esprit de Matulie. Cette petite robe plaquée, de couleur jaune bouton d'or en tissu de soie, imprimée sur jaune fleur de soufre en tissu de mousseline, était d'une simplicité inouïe. Elle n'avait pour seul ornement qu'un jabot suspendu du côté gauche de la taille. Pourtant, c'était une petite merveille de robe qui lui seyait comme un gant !

En plus d'être son modèle, Mika a aussi toujours été responsable du finissage des vêtements confectionnés par Denise. Elle l'aidait aussi à prendre bien soin de ses enfants. Matulie revit son enfance en sa compagnie. C'était toujours Mika qui la coiffait et qui s'assurait qu'elle fut bien mise, chaque matin et chaque après-midi, avant de se rendre à l'école. Et Denise n'a pas manqué d'exprimer son affection et son admiration pour sa cousine adorée.

---

[8] Guy Durosier : (1932-2000) musicien versatile, il pouvait jouer à la clarinette, au saxophone et à l'orgue. Malgré son bégaiement, il est considéré comme l'un des plus grands chanteurs haïtiens de tous les temps. On le retrouvait tantôt en Europe, en Asie et en Amérique du Nord et fut l'un des plus grands ambassadeurs de la musique haïtienne.

Dans ma vie de combat,
Je serais en coma
Si tu n'existais pas.
Je t'aime beaucoup Mika.

A. Vertulie Vincent

Les séquelles de la séparation

Rode avait entre-temps fondé un autre foyer. Et par la suite, il avait mis au monde cinq autres filles et un fils de sa seconde épouse.

Denise continuait d'endurer son divorce. Sa plus grande souffrance était de voir ses enfants grandir sans la moindre affection paternelle.

L'idée générale est de penser que les parents sont les seuls à essuyer les déchirements de la séparation. Les enfants sont par contre beaucoup plus détruits. Car, étant beaucoup plus vulnérables, ils en pâtissent le plus et quelquefois payent toute la somme des conséquences de la coupure des relations avec l'un des parents. Le divorce a tendance à occasionner des effets à long terme : la peur, la dépression, les angoisses, les troubles antisociaux, le manque de confiance en soi, la méfiance vis-à-vis des autres, l'intériorisation et l'oscillation des émotions, pour ne citer que ceux-là, sont les traumatismes les plus bouleversants de la personnalité infantile. La résultante amène parfois à l'abus d'alcool, l'utilisation de substances à effets psychédéliques et même au suicide. Les enfants de parents divorcés peuvent à tout moment devenir des proies dans cette société perverse. Vu la complexité de ce monde effroyable, il leur faut une confiance en soi solide et une affiliation spirituelle immuable pour ne pas succomber sous le fardeau des railleries et des bêtises des malfrats qui fourmillent dans le milieu. Tout au long de leur vie, dans la plupart des cas, ils sont à jamais condamnés à charger leur croix. Ils garderont, et inévitablement, ils porteront avec eux jusqu'à la fin de leur existence les secrets et les séquelles de la séparation.

Rode avait sans aucun doute tenté d'avoir une quelconque relation avec les filles de Denise, Élise et Matulie. C'était néanmoins d'une façon plutôt répréhensible. Sans en manquer l'occasion, il s'arrangeait, intentionnellement ou non, à faire une scène quand il s'agissait de visiter ses fillettes. Devant la maison des grands-parents, il s'arrêtait et vociférait pour la rencontre. Comme dans un long-métrage, il paraissait être dans sa chayère, siégeant au tribunal. Élogieusement, il brandissait sa voix. Il articulait : « Gilles, rendez-moi mes filles ! Gilles, rendez-moi Élise, rendez-moi Matulie ! » C'était comme si son ex-beau-père était un imposteur. Toutes les fois qu'il se présentait, les grands-parents n'hésitaient pas à passer un jugement. Il paraissait être dans ses moments d'ébriété, pensaient-ils. Grand-père et grand-mère, tous les deux, se dépêchaient alors de mettre les gamines à l'abri, en les cachant sous les lits, dans les chambres. Certaines fois, afin d'éviter tout contact avec leur père, ils les cachaient dans les lieux d'aisances, au fond de la cour.

Des mois se sont écoulés. Un après-midi ensoleillé, alors qu'Élise jouait sur la galerie de devant, Rode apparut soudainement. Prestement, il attrapa Élise. Il la souleva et s'exclama : « Élise, ma fille bien-aimée, un jour, tu seras médecin ; une grande praticienne ! »

A. Vertulie Vincent

CHAPITRE III

A. Vertulie Vincent

La nouvelle déception

Au cours de sa dernière année à Port-au-Prince, Denise avait rencontré un musicien-chanteur d'un groupe très en vogue à l'époque : le chanteur du célèbre orchestre de « Raoul Guillaume ». Quand elle se sentait abrutie de son environnement et décontenancée par l'incertitude du travail, elle s'arrangeait pour s'évader avec cet homme connu de tous. Pour se distraire ou bien pour une simple promenade, elle allait au Bicentenaire ou au Champ de Mars, en compagnie bien sûr de l'artiste-chanteur. Quand elle voulait se détendre au cinéma, elle allait au Rex Théâtre[9], encore escortée par ce monsieur-troubadour. Ces rencontres se faisaient habituellement en compagnie de la petite Élise. Elle s'en raffolait d'ailleurs. Ces dimanches étaient pour elle des jours de fête. Elle profitait de l'occasion pour déguster des petits pâtés au poisson, au poulet ou au bœuf. Elle adorait les petites brioches fourrées à la crème. Elle ne pouvait résister aux petits chocolats glacés ou esquimaux. Et en fin de journée, c'était pour elle, une opportunité de gambader dans l'herbe sur la pelouse du Bicentenaire ou du Champ de Mars. C'était une apothéose !

Amante de la poésie, de la littérature, et de l'art en général, Denise entra dans une amitié

---

[9] La salle de théâtre et de cinéma la plus renommée de l'époque.

amoureuse avec cette célébrité. Cette amitié avait grandi pour se transformer en une aventure amoureuse. Ils ont continué à se voir après le retour de Denise aux Gonaïves[10]. Bien que lui, il résidât à Port-au-Prince, le chanteur se rendait bien souvent dans la cité de l'indépendance. Il a été présenté à la famille. Les parents de Denise l'ont admis comme l'un des siens.

Une année s'est écoulée. L'imprévisible est arrivé. La chaleur intense qu'ils se partageaient s'était ralentie ; presque éteinte. Monsieur le chanteur n'avait pas encore eu d'enfants. Denise avait déjà deux filles. En aucun moment, il n'a manifesté le désir d'une union légale quelconque.

C'était l'époque de la rectitude ; l'époque de la moralité chrétienne ! L'ère de l'excommunication ! Le temps où le choix d'épouser une femme divorcée était inacceptable ! À la dérive de ses émotions, Denise tomba enceinte malgré tout. Ce que Dieu veut, l'homme ne peut l'enlever ! La pratique de l'avortement était peu connue dans cette culture ; le 13 juillet 1958, elle donna naissance à un garçon. Ironie de la vie ! Sans nul doute, cela a été une course naturelle. Eh oui ! Elle lui donna un fils. Un événement que son ex-conjoint lui aurait inéluctablement reproché.

Ce charmant petit garçon a hérité du nom d'une star de Hollywood. En effet, il a été nommé par son père, après le célèbre acteur Carlos Norris. Lui

---

[10] Cité de l'indépendance d'Haïti.

aussi, il porta le sobriquet de Chuck. Bien que ses parents étaient tous les deux de teint clair, lui, par contre, il avait la peau couleur d'ébène, pareille à l'une de ses tantes du côté paternel, avec les cheveux soyeux. Il ressemblait plutôt aux indigènes de la région caribéenne. À l'exception de sa petite taille et de l'intelligence de sa mère Denise, ce petit garçon n'avait absolument rien de commun avec le reste de la famille.

Quelle aventure ! Denise habitait toujours aux Gonaïves pendant que le monsieur résidait encore à la capitale[11]. Sa famille et ses amis proches étant de lui, il n'avait aucune intention de déménager pour la province. Son orchestre était la coqueluche de l'époque, et il performait tous les weekends. En bref, sa vie était à Port-au-Prince. À ce moment précis de sa vie, il n'avait aucune intention d'une union. À l'époque, un voyage entre Port-au-Prince et la ville des Gonaïves était une aventure fastidieuse. On y mettait aisément une demi-journée. Malheureusement, la distance et d'autres obstacles eurent gain de cause, et la relation s'est dissoute.

---

[11] Port-au-Prince.

A. Vertulie Vincent

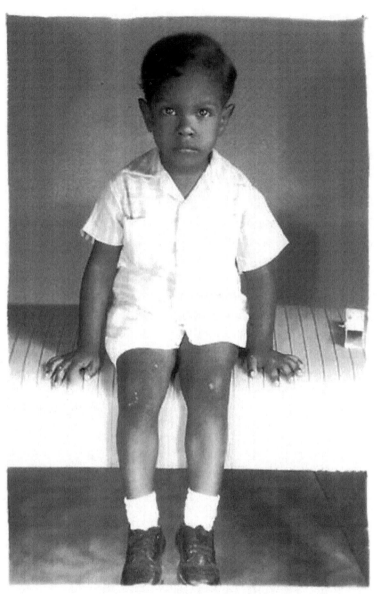

Photo : par Cherscal Toussaint

Dix ans sont écoulés ...

Le nom de Rode fut un nom tout à fait banni dans le vocabulaire d'Élise et de Matulie. Élise ne faisait quasiment aucune référence à son père. Matulie, elle, n'en a gardé qu'une vague souvenance.

La première fois que Matulie a eu l'occasion de capter une image vivide de son père fut quand elle a été s'acheter de la crème glacée et des dragées aux noisettes « Chez Ti Yotte ». Situé à l'angle de l'avenue Christophe et de la rue Clerveaux, à un pâté de maisons de celle de ses grands-parents, Chez Ti Yotte était un lieu fréquenté à la fois comme boutique, épicerie, avec un coin aménagé en bar. Cet après-midi-là, Rode s'y trouvait, en train de boire avec ses amis. En voyant arriver Matulie, Rode se leva de la table et alla la prendre par la main. Matulie toute timide raccompagna son père. S'adressant à ses amis, il leur dit :

— C'est ma puînée, Matulie. La fille de Denise.

Après s'être rassis, il la plaça sur ses jambes et lui dit.

— Matulie, tu dis bonsoir à mes amis.

Matulie obéit et discrètement se fit entendre.

— Bonsoir.

Ils étaient quatre autour de la table. Et les trois autres payèrent de retour.

— Bonsoir, Matulie.

Rode se tournant vers sa fille, lui signala :

— Ta maman m'a fait savoir que tu avais mal aux dents.

— Oui, Les dents saignaient et Maman m'avait emmenée à la clinique de Ton Dado. Ton Dado a dit que mes dents étaient cariées. Je ne sais pas ce que cela veut dire.

— Cela veut dire que tu manges trop de sucreries. J'avais envoyé des granulés de glycérophosphate[12] de calcium et de la poudre de protéines pour toi et Elise...

Matulie se hâta de répondre.

— C'est toi qui les avais apportés, ils sont comme de petites dragées, je les aime bien, je les mange

---

[12] Supplément minéral, pour renforcer les os et les dents.

comme ça. Merci. Maman mélange la « Sustagen[13]»
au lait et nous la donne le soir avant de nous
coucher.

— Tu sais, tu dois bien prendre soin de tes dents,
sans quoi tu vas les gâcher, tes jolies petites dents,
n'est-ce pas ?

Et Rode d'ajouter

— Je t'ai vue de loin l'autre jour sur une grosse
bicyclette, entrer en collision avec un mulet. Tu ne
t'étais pas fait mal.

— Non.

— Je vais envoyer une note à ta maman pour qu'elle
ne te laisse plus monter à bécane. Si tu tombes, tu
peux vraiment te faire mal. D'ailleurs, c'est bien trop
lourd pour toi.

Matulie réagit en inclinant insensiblement sa
tête. Toute anxieuse, elle ne pouvait attendre le
moment de s'enfuir et de rentrer chez elle pour faire
part de cette rencontre à sa maman. Rode ressentait
les pulsations affectives de sa fille ; avant de la
laisser partir, il enfouit sa main dans sa poche pour
en sortir un billet jaune de la loterie nationale.
Sobrement, il balbutiait ces quelques mots à Matulie :

---

[13] Supplément nutritionnel qui aide à la croissance.

— Ma fille, je n'ai rien à t'offrir pour l'instant que ce billet de loterie que, j'espère, en sortira gagnant.

Matulie remercia son père.

— N'embrasses-tu pas Papa ?

Matulie baisa son père sur les joues, salua ses amis et se retira.

Le jour du tirage de la loterie, le numéro du billet reçu de son père n'a malheureusement pas figuré au tableau d'affichage des lots gagnants.

C'était l'été de l'année 1961. Une douce brise soufflait à travers les arbres. Un beau clair de lune illuminait Biénac[14] à mesure qu'elle envoûtait la plaine. Ce soir-là, Matulie remarqua que sa mère était d'une fraîcheur sortant de l'ordinaire. Elle portait une toute jolie petite robe blanche –bien plaquée– en tissu popeline de coton, imprimé blanc sur blanc, en popeline de soie; liserée autour du cou et des bretelles, à la ceinture et au bas de la jupe, d'un ruban de tissu rouge à carreaux. Le port de chaussures ballerines pliables de couleur rouge

---

[14] Selon les traditions orales, Biénac fut l'habitation du duc de Belnac d'où la dénomination originaire du morne Belnac qui fut du temps de la colonie un lieu où se développait une végétation très féconde. Sa prononciation ainsi que sa nature ont été altérées au cours des siècles pour devenir Biénac, cette petite montagne érodée, sans verdure, située au nord du centre-ville des Gonaïves.

surnommées à l'époque « chaussures popo » ajoutait une griffe de coquetterie à sa toilette.

Tout à coup elle courut s'agripper au bras de sa maman :

— Je peux aller avec toi, Maman ? demanda Matulie.

Avant même d'attendre la réponse de sa maman, Matulie enchaîna :

— S'il te plaît, Maman … S'il te plaît, Maman … !

Après un moment de réflexion, Denise lui répondit :

— Promets-tu d'être sage ; je vais rendre visite à ton père.

Dans une voix plutôt fluette, Matulie se fit entendre :

— Oui, Maman, je te le promets.

Matulie, quant à elle, savait bien comment dilater le cœur de Denise en adoptant un ton de voix très particulier. Et Denise appréciait autant cette douceur de la part de sa fille.

— Va donc te changer. Je t'attends au salon. Entre-temps, apporte-moi le livre qui se trouve au bout de la table de la machine à coudre.

— Merci, Maman répondit Matulie, toute joyeuse. Alors, qu'est-ce que je dois porter ?

Après s'être débattue pendant quelques minutes avec sa mère, Matulie a fait le choix d'un petit pantalon court en tissu de gabardine d'un rose cerise, avec des lisérages d'un tissu blanc à barres roses autour des poches, et un petit chemisier blanc à barres roses, sans manches, en coton.

— N'oublie pas de m'apporter le livre avant de te préparer.

— Oui, Maman ! Merci, Maman !

Après une quinzaine de minutes, Matulie rejoignit sa mère au salon.

— Je suis prête.

— Alors, allons-y !

Il fallait traverser la place d'armes avant d'arriver à la maison de Mme Gaillard —elle était la tante de Rode chez qui, il restait en ces temps-là–. Longeant l'avenue Christophe en traversant par la

Grand-Rue jusqu'au coin de la place d'armes, elles marchaient côte à côte, le bras de Denise autour du cou de sa fille et le bras de Matulie autour de la taille de sa maman. Arrivées au bord de la place, située en face de la cathédrale, Denise et sa fille ont voulu profiter de ce petit moment de détente pour jouir de la splendeur du beau temps, en contemplant un petit peu la pleine lune qui flottait dans le firmament parsemé d'étoiles. Elles ont ensuite pris le temps de faire une courte promenade autour de la place avant de se rendre chez Mme Gaillard qui habitait non loin de là, du côté sud de la cathédrale.

Lorsqu'elles arrivèrent à destination, Rode, comme un gentilhomme, instinctivement se leva du divan qui se trouvait rangé un peu au coin contre le mur du salon où il se reposait. Il invita Denise à s'asseoir devant la table de la salle à manger et se mit tout de suite très proche d'elle. De l'autre côté, après avoir salué son père et les autres membres de la famille, un peu plus loin de la table de la salle à manger, Matulie a rejoint d'autres enfants qui jouaient aux osselets à même le sol. Entre-temps, après s'être entretenu pendant à peu près une heure, le couple séparé a pris congé l'un de l'autre.

Sur le chemin du retour, c'était un silence absolu. Il n'y a pas eu un souffle de mots échangés entre mère et fille. De son côté, Matulie jouissait à nouveau de la magnificence d'un décor céleste. Dans ses pensées, elle continuait de savourer le moment précieux qu'elle venait de passer en même temps dans l'entourage des deux êtres les plus chers dans sa vie. De l'autre côté, Denise, elle, revisitait dans sa tête la conversation qu'elle venait d'avoir avec Rode. Elle ne pouvait s'empêcher de ne pas retourner dans le temps. Elle fit ce voyage pour remémorer les instants de bonheur vécus à côté de cet homme qui fut le premier amour de sa vie !

Ce fut la dernière fois qu'elle le revit en vie.

J'avais dix-huit printemps

J'avais dix-huit printemps, lui avait trente-et-un
Lorsque ce deux janvier nos deux cœurs ne firent qu'un
Par un simple baiser, un baiser bien banal
Il a conquis ma vie en une soirée de bal
Je revois ses grands yeux, ses grands yeux langoureux
Sur les miens se poser en un geste amoureux
Sa taille grande, d'une grande sveltesse
À mes ordres se plier avec délicatesse
Les bras longs et puissants encerclant ma taille toute menue
Au rythme cadencé de « panama'm tonbe, jako tòlògòdòk »
Les chansons à la mode au temps de notre époque.
Je revois tout cela et je suis enchantée
Dix ans sont écoulés je n'ai rien oublié
Ô soirée fatidique, soirée du 2 janvier!
Par un simple baiser un baiser bien banal
Il a brisé ma vie en une soirée de bal!

Photo : par Lisamarie Pierre Casimir

CHAPITRE IV

A. Vertulie Vincent

C'était l'année 1962

La maison familiale, située à l'angle des rues Christophe et Saint-Charles, ainsi que la maison d'à côté, où habitaient Denise et ses enfants donnaient sur une vaste basse-cour commune qui s'ouvrait de chaque côté sur deux grandes portes. La cour était pavée en partie de larges dalles. Au-dessus du pavement, allant de la porte de gauche jusqu'au bout de la grande barrière, étaient attachées les poutres de la pergola pour la culture des raisins de vigne. Sur une grande partie de la cour, il y avait, éparpillés un peu partout, de grands arbres. On y trouvait le cocotier, le dattier, le calebassier, le *quénépier*, le bois d'orme. Une allée d'arbustes ; tel le rosier, l'hibiscus, le croton, le laurier et le jasmin de nuit, qui fleurissaient et embaumaient l'air toute l'année ; étaient répandus tout le long du parterre. Tout au long d'une clôture en béton, donnant à l'intérieur de la maison, il y avait un muret sur lequel, Lumène, la maman de Denise fièrement étalait, dans de jolis pots en céramique fabriqués par sa benjamine Cécile,[15] des plantes de toutes sortes comme le mimosa, le souci, l'amarante crête-de-coq,

---

[15] Cécile : (1936-2005), secrétaire de direction de profession, elle tenait aussi son propre magasin au bas de la ville des Gonaïves. Elle possédait également une ferme où elle faisait l'élevage du petit bétail comme les bœufs, les chèvres et les cochons. Elle avait également appris à travailler avec la céramique et fabriquait des pots et des objets décoratifs comme des fruits et des figurines.

l'œillet, le lilas. Un peu plus loin, vers l'extrémité gauche, au bout d'une grande barrière en bois, il y avait un petit coin consacré à toutes sortes d'herbes médicinales comme le *medsiyen beni* (médicament béni), le *zonyon dilin* (oignon dilin), la *kamomin* (camomille), l'*ab-sent* (absinthe), la *bazilik* (basilique), le *sitwonèl* (citronnelle), et le *simen kontra*[16], pour ne citer que ceux-là. Chaque été, les épillets de maïs et de petit-mil-chandelle,[17] qui bourgeonnaient sur une partie au fond de la cour, apportaient une note supplémentaire à l'atmosphère estivale qui régnait dans la maison.

Cécile, la sœur de Denise, qui pour son passe-temps s'adonnait à l'élevage des volailles, avait fait construire un bon nombre de cages où elle gardait des tourterelles, des pigeons, des poules, des canards et des lapins. Les chiens étaient le plus souvent dans leurs niches sur la cour, tandis que les chats, eux, étaient toujours en train de ronronner toute la journée dans la maison, autour du père de Denise. Il y avait aussi le cabri et le coq de Chuck –le fils de Denise–, que celui-là trimbalait à longueur de journée partout où il passait.

---

[16] Dysphania ambrosioides, (autrefois nommé Chenopodium ambrosioides), aussi appelé fausse ambroisie, thé du Mexique, ansérine, ou épazote, est une plante présente originaire d'Amérique centrale et du Sud.
Ref. : https://fr.wikipedia.org/wiki/%C3%89pazote

[17] Sorte de millet brun cultivé surtout dans le Département de l'Artibonite.

À quelques pas de la porte donnant sur le côté droit, c'était la cuisine ; et au dos de la cuisine, il y avait la salle de bains formant un immense bassin avec six marches d'escalier du dehors comme du dedans. Les enfants avaient l'habitude de le remplir d'eau pour se baigner, notamment tout au cours des grandes vacances d'été, c'était leur mini-piscine. Au-dessus du bassin, se trouvait aussi un grand récipient métallique qui servait de citerne à laquelle s'accrochait le tuyau de douche, pour faciliter les adultes qui préféraient se doucher. Un peu vers le fond de la cour s'empilait un amas de grosses roches sur lesquelles la lavandière étalait les vêtements, les draperies de lits et de fenêtres ainsi que les nappes de table blanches pour les faire blanchir au soleil au cours de la lessive. Tout au fond, à l'extrême droite, il y avait deux cabinets. Denise se plaisait à raconter aux enfants que son père y avait fait installer dans le temps un service d'interphone pour communiquer avec la maison. Si toutefois le nécessaire parvenait à y manquer, pour que l'on puisse appeler la maison, et en faire apporter.

C'était l'été. D'habitude, plusieurs résidents de la capitale visitaient leurs familles qui habitaient en province. La maison des Gérard avait aussi de la visite. Donia, la fille aînée, qui de son côté, depuis son mariage, a toujours habité Port-au-Prince avec sa famille, a rendu visite. Elle fit le voyage, en compagnie de ses enfants, de sa servante et de son conjoint. Celui-là, militaire, était aussi un musicien par excellence. Membre de l'orchestre philharmonique du palais national, il était professeur de musique au

Lycée Pétion. Et, à la fin des années 60 et au début des années 70, avant d'émigrer aux États-Unis d'Amérique, il était trompettiste du super Ensemble de Nemours Jean-Baptiste[18]. Thérèse était une servante un peu étrange, et pas comme les autres. Elle avait cet air mystérieux, des yeux perçants qui pouvaient facilement faire pâlir un étranger. Donia prenait l'habitude de toujours se déplacer avec elle. Elle aussi était venue cet été avec toute la famille passer les vacances aux Gonaïves.

Un après-midi, la famille réunie dans la cour espérait passer un moment sain. Chacun faisait des réminiscences de l'époque de leur adolescence, de leur jeunesse. Contrairement à l'accoutumée, il n'y avait pas une seule brise. Les feuilles étaient toutes inertes. Les arbres s'alignaient comme des statues figées dans le temps. Même les arbrisseaux ne remuaient pas. L'atmosphère était d'une lourdeur insupportable. Sous un ciel torride, le soleil brûlait de mille feux et tapait comme un bourreau. Ils se lassaient. La patience diminuait. Mais le calme a pris le dessus quand tout à coup, Thérèse se mit à balbutier.

Assise sur une petite dodine en paille au beau milieu de la cour, elle s'est mise à se balancer. Elle

---

[18] Nemours Jean-Baptiste : (1918-1985), père du « Konpa Dirèk - rythme musical très populaire en Haïti qui a pris naissance au cours des années 50 ». On se souviendra toujours de Nemours Jean-Baptiste exhibant ses chaussettes rouges au cours de l'animation de ses festivals du samedi soir au Rex Théâtre et de ses grandes soirées de bals au Club Cabane Choucoune, dans la banlieue de Pétion-Ville.

se secouait la tête et mâchonnait des mots à peine compréhensibles. Soudain, des larmes lui parcoururent le visage. Est-ce par simple curiosité dont tout le monde s'attroupa autour d'elle ? Non. La famille avait déjà une prémonition. Chacun se posait des questions à savoir si ce qu'il pensait allait vraiment se produire. Ce qui lui arriva, tout à coup, semblait étonner les spectateurs. D'un air tout à fait inconnu, dans un jargon incompréhensible, elle entonna une lecture mystérieuse aux membres de la famille en commençant par lancer des mots. Par précaution, ou peut-être par peur, les enfants étaient aussitôt renvoyés à l'intérieur. Ce n'était qu'à ce moment que les adultes crurent que Thérèse perdait son bon sens. Devenait-elle folle, demanda une des filles en retournant dans la demeure ? Deviendra-t-elle agressive et dangereuse, s'écria Denise ? Les aînés, angoissés, s'attendaient à une réponse quelconque à leurs interrogations. Mais les enfants, exaspérés et curieux, rôdaient encore aux alentours. Eux aussi, ils voulaient être témoins de la condition de Thérèse. Élise, angoissée, voulut avoir des réponses ; elle posa plusieurs questions :

— A-t-elle été malade ? Était-elle tombée ? S'était-elle cognée la tête en tombant ? Quelqu'un l'avait-il battue ou injuriée ? Quelqu'un l'avait-il réprimandée ? Avait-elle reçu une mauvaise nouvelle de ses parents ?

Enfin, toutes sortes de questions, bien que puériles, étaient en train d'écrabouiller le cerveau des enfants. Jusqu'à présent, aucune réponse. Quelqu'un devrait connaître quelque chose !

Entre-temps, les adultes étaient réunis autour de Thérèse. Elle avait l'air d'une personne en transe. Sa physionomie un peu altérée, il semblait qu'elle faisait des salutations.

Matulie, la plus fringante et têtue, espiègle et non dolente, n'avait aucune intention de rater ce spectacle. Elle n'avait pas non plus les yeux dans les poches ! Elle s'enfila bien sûr en plein cœur de la commotion ! Pendant qu'elle se faufilait dans la mêlée, elle était torse nu. Rampant à plat ventre pour arriver jusqu'à Thérèse, elle aperçut qu'elle était en train de serrer la main à tous et à chacun d'eux qui venaient vers elle. Tout à coup, la petite coriace se trouvait face à face avec Thérèse. Elle l'attrapa et lui donna une très forte poignée des deux mains. Elle s'est mise debout devant la pauvre petite Matulie, pour ensuite, dans un geste de génuflexion, porter son front contre le sien comme une geste de salutation. Tout à coup, elle s'est trouvée comme prise dans un vortex. Elle entra dans une convulsion et commença à bondir, son corps se pliant en avant et en arrière comme une contorsionniste. Elle s'est aussi mise à gronder et à se frapper férocement la poitrine des deux mains, en maronnant des mots qui arrivèrent à sa bouche comme dans un mugissement :

— *se towo a wi ki la a*... *se towo a wi ki la a* ! (c'est le taureau qui est là).

C'était soudain le tohu-bohu ! Tous les enfants renvoyés à l'intérieur se ruèrent sur la cour comme des rats pour aller voir ce qui se passait avec Matulie. Les yeux de certains voisins erraient déjà dans les fentes des palissades pour savoir de première main la cause de ce branle-bas.

— Celle-là, elle doit toujours trouver une occasion pour faire du tapage ; sortit Élise toute tremblotante.

— Mes amis, mes amis, mes amis ! Tulie perd la tête, grommela sa cousine Yvette.

— Mais qu'est-ce qu'elle a, elle va se tuer, elle est en train de se tordre le cou ; cria Marinka, une cousine de Matulie.

— Marinka, Marinka, pourquoi Tulie parle-t-elle de cette façon, hein, Marinka ? Ajouta Cousin Do avec désinvolture ?

Grand-mère de hurler :

— Je vous ordonne tous de retourner dans la maison ou aller jouer sur la galerie, sinon vous allez tous être punis ! »

Et une voix retentit du fond de la foule :

— Hum ! *Men li tou, li tèlman pa janm vle tande* ! » (Hum ! Ça alors, elle est tellement têtue. »

Matulie de continuer avec son gémissement :

— mmmmmmmmmmmm, **se, se towoooo a wi ki laaaa.**

— Allez-y les enfants, vous n'avez pas entendu ce qu'a dit la grand-mère? Rentrons ! Acquiesça Catherine, la cousine aînée.

La voix de grand-père se fit entendre :

— Apportez une cruche d'eau fraîche pour lui verser sur la tête.

Après à peu près, une bonne demi-heure, Matulie revenue à ses sens, se retrouva par terre toute trempée.

Naturellement, après cette expérience inattendue, Matulie a su que Thérèse ne fut pas malade, qu'elle n'a pas non plus perdu la tête, mais qu'elle fut possédée par des esprits ou loas. Elle-même aussi fut bel et bien entrée en possession ce jour-là. Elle n'avait que neuf ans !

Au dénouement de cet événement tumultueux, Matulie relata qu'au moment où Thérèse lui serrait fortement les mains, elle a soudainement ressenti un courant d'énergie électrique lui traverser le corps. Par surcroît, elle se regardait en train de faire des gestes qu'elle ne put contrôler ; elle se remuait les lèvres en disant des paroles, qui échoyaient dans sa tête. Elle n'avait plus le contrôle de sa personne, disait-elle.

Après cette expérience, il était devenu une habitude pour que Matulie soit visitée par quelques-uns de ces loas qui lui étaient devenus familiers. Quelquefois c'était « Metrès Èzili –Èzili Freda qui, dans le syncrétisme Catholico-vodou haïtien, est représentée par La Vierge Marie de l'Église catholique » ; « Papa Legba –Atibon Legba–- qui correspond à Saint-Lazarre ou à Saint-Pierre ; « Ogou Feray, correspondant à Saint-Georges ou Saint-Jacques » ; et « Dang Aida Wedo Tokan, connu comme Dambalah Wedo, est représenté par Saint-Moïse ou Saint-Patrick », pour ne citer que ceux-là.

A. Vertulie Vincent

CHAPITRE V

A. Vertulie Vincent

Les deux funérailles.

Rode fut un grand buveur. L'alcool eut raison de sa santé. Dès le début de sa quarantaine, une cirrhose avait attaqué son foie. Sa mort prématurée, à l'âge de 45 ans, survint au matin du 5 mars de l'année 1965, le jour suivant la mort de Gilles, le père de Denise. Cela est arrivé comme Gilles eut à l'augurer au cours d'une de leurs nombreuses querelles ! Rode n'a pas survécu pour voir sa fille devenir médecin comme il l'avait prédit, puisqu'il mourut 12 ans auparavant.

D'un coup, il y eut deux funérailles dans la famille. Qu'on l'eût voulu ou non, Élise et Matulie étaient encore le trait d'union entre les deux familles. Le lendemain des obsèques de Gilles, les filles de Denise étaient, toutes les deux, parées pour aller assister aux funérailles de leur père. Elle portait chacune une courte jupe à plis creux noire et une blouse imprimée, sur fond gris pinchard, à fleurettes noires et blanches. Elles étaient libres de pleurer la veille, devant le cercueil de leur grand-papa. Et elles ont versé beaucoup de larmes. Surtout la petite Matulie. Dieu seul sait combien elle avait pleuré ! Tout en sanglotant, elle repassait dans son esprit combien Pa Gigi aimait affectueusement lui caresser la tête tout en chuchotant « Tête bobine ». Elle pensait à son refuge derrière la dodine de Pa Gigi, chaque fois qu'elle pressentait la venue d'une punition corporelle de la part de sa maman pour ses désobéissances. Elle revoyait ses sessions de lecture courante avec Pa Gigi. Et les mots difficiles à prononcer que Pa Gigi lui faisait répéter jusqu'à perfection après lui, durant les sessions de lecture lui ont martelé la cervelle : « harmonium » « aluminium » « aquarium » « auditorium » « magnésium » « calcium ». Qu'elle en a pleuré, la petite Matulie ! Cela pouvait se comprendre ; la perte fut très dure pour elle. Toute son enfance, elle l'a passée en s'accrochant aux jambes des pantalons de son Pa Gigi !

Pa Gigi était le seul père qui la cajolait ; le seul père qui la gâtait ; le seul père qui la consolait après avoir reçu une bonne fessée de sa maman. Il était le seul père qui lui racontait des histoires ; le seul père qui lui disait des contes le soir avant de s'endormir !

Au temps de sa jeunesse, Rode avait reçu l'appellation de vénérable Maître, dans la franc-maçonnerie. Par conséquent, les cérémonies rendant hommage à ses dépouilles ont eu lieu dans la grande Loge située au haut de l'avenue Christophe, non loin de la maison des grands-parents d'Élise et de Matulie. Les deux filles ont calmement attendu au coin de la galerie, pour rejoindre, au passage, le cortège funèbre de leur père jusqu'au cimetière. Elles n'ont laissé apparaître qu'une simple lueur de tristesse sur leur visage, mais aucune trace de larmes ne ruisselait de leurs yeux. Elles étaient vraisemblablement confuses. Matulie eut à confier par la suite que sa plus grande souffrance, cet après-midi-là, fut qu'il y avait comme une entente tacite qu'elle n'avait pas le droit de pleurer la mort de son propre père. Quelle affliction pour une enfant à peine vieille de 11 ans de ne pas pouvoir s'extérioriser devant la perte d'un parent !

Le résultat de cette conjoncture fut qu'au cours de cette même année, elle commença à afficher, de façon plus évidente, toutes sortes de troubles de l'émotion et du comportement. Elle mangeait à peine ! Elle développait des troubles digestifs parfois aigus. Elle montrait un faciès si maigriot et une physionomie aussi gracile que son oncle, Dess, quelquefois, l'appelait affectueusement *Banza*[19]. Elle rouspétait à tout bout de champ. Elle était perpétuellement engagée dans des échauffourées. Elle se battait contre les petits garçons du quartier ; même son petit frère, Chuck, ne fut pas épargné. Quelquefois, elle passait sa journée à se faire boucaner au soleil ; ou bien percher sur un arbre ; ou couchée sur le toit de la maison ; ou bien à jouer au football, à la toupie, aux billes, au cerf-volant ; ou encore à faire rouler dans les rues le cercle d'un pneu de bicyclette, comme un petit vagabond. D'autres fois, elle s'en allait tout bonnement déambuler deçà delà par les rues s'arrêtant parfois aux abords du grand marché pour se mêler aux jeux de dés des portefaix et des ivrognes. Un grand matin,

---

[19] Genre de guitare à manche longue constituée de trois cordes de pitre et d'une moitié de calebasse sur laquelle est étendue une peau de cabri retenue par de petits clous.

au cours d'une vigoureuse bastonnade de la part de sa maman à la suite d'une désobéissance, elle prit la fuite. La famille et les voisins ont passé toute la journée à la chercher pour la retrouver à Bigot[20], où elle a été s'abriter chez des paysans qu'elle ne connaissait même pas. Au retour à la maison, c'était tout un charivari. Qu'elle en a tempêté ce soir-là ! Elle s'est mise à pleurer, à se ruer par terre, à se frapper la tête, les pieds et les poings contre le plancher en s'écriant : « Je songe à mon papa ! Je veux mon papa… j'ai besoin de mon papa… mon papa… mon papa… mon papa… c'est mon papa que je veux ! » dans une litanie à n'en plus finir. Un père qu'elle avait virtuellement idéalisé ! Elle ne l'a vu que trois fois dans sa vie et la dernière fois il était sur son lit de mort.

Le souvenir de cette visite à l'hôpital a toujours été brumeux et trouble dans la mémoire de Matulie. Pourtant, elle se souvint parfaitement que vers la fin du mois de février de l'année 1965, quelques jours après l'anniversaire de naissance de son père qui était le 15 février, le bruit de sa mort était parvenu jusqu'à ses petites oreilles innocentes. Elle avait remarqué qu'il n'y avait eu aucune réaction de la nouvelle ni du côté de sa mère ni du côté de ses grands-parents. Ils étaient sans doute beaucoup plus préoccupés de la détérioration de la santé de Pa Gigi. Celui-là avait l'air maussade. Il ne parlait presque pas, n'émettant simplement que quelques

---

[20] Bigot : petit bourg situé sur la route nationale No 1 non loin de la ville des Gonaïves.

bourdonnements sporadiques de douleur. Son voyage à Port-au-Prince lui a certainement perturbé. Son rendez-vous avec le gastro-entérologue ne lui a pas été facile ; car depuis son retour de la capitale, il avait gardé le lit. Même sa fille qui était à ses côtés ne pouvait lui être utile. Dans le temps, le fait de poser certaines questions aux personnes d'âges avancés était considéré comme une impertinence de la part des plus jeunes. Matulie continua donc avec sa routine quotidienne. Au-delà d'une semaine, elle surprit une conversation entre sa mère et sa tante Cécile. La nouvelle de la mort de son père fut une simple rumeur. C'était confirmé que son père était en effet gravement malade et qu'il se trouvait à l'hôpital la Providence des Gonaïves.

À l'école des sœurs où Matulie poursuivait ses études primaires, il existait deux groupes religieux : les croisées pour les filles les plus jeunes et les cadettes pour les aînées. Matulie faisait partie des croisées dont l'une des missions du groupe était la visitation des malades à l'hôpital, à la fin des classes du vendredi. Matulie décida donc que le malade à visiter ce vendredi-là serait son père. Arrivée là-bas, elle le trouva en effet, sa femme à son chevet, dans une chambre à l'hôpital. Matulie, respectueusement, salua l'épouse et posa ensuite un baiser sur le front de son père qui pour elle se trouvait dans un sommeil très profond ; parce qu'il avait gardé les yeux fermés. Matulie n'a pas de souvenir d'avoir observé une réaction de sa part. Le regard tendrement posé sur son père, Matulie aurait voulu, à ce moment précis, lui dire combien qu'elle l'aimait, combien qu'elle aurait aimé qu'il lui fasse des câlins, combien qu'il lui manquait. Mais craignant peut-être de ne pas être aimé en retour, elle s'est tue. Sa visite fut de très courte durée.

Quand il s'agissait de son père, la petite Élise, au contraire, a ordinairement gardé une attitude de retrait et de passivité. Elle ne s'est jamais livrée dans des badinages. Pourtant, elle cachait derrière sa carapace une grande fragilité. Elle n'a jamais cru au divorce. Son leitmotiv a toujours été ceci : « aimer, c'est un choix. Si l'on se marie, c'est que l'on s'aime, et si l'on s'aime, c'est pour la vie ». Ce ne fut que vers la fin de sa vie qu'elle a pu faire la paix avec elle-même et avec son père. Elle fit chanter une messe de requiem à la mémoire de son père, pour peut-être, lui témoigner son amour.

Quant à Denise, ce ne fut que très longtemps après, en fouillant dans ses écrits, que Matulie trouva cette pensée exprimant son état d'âme à ce moment-là :

Les jours des 4 et 5 mars de l'année 1965,
j'ai perdu les deux hommes de ma vie,
les deux hommes qui m'ont vraiment aimée :
mon père et Rode.
Les autres, je les voyais, je les regardais de haut
en bas avec mépris,
quand ils disaient m'aimer.
Dans mes pensées, je traduisais leurs
dires ainsi :
« quand voulez-vous vous coucher avec moi ? »

Au cours d'une des apparitions de ces loas, le jour de la messe de requiem pour le repos de l'âme de Gilles, un mois après la mort de ce dernier, Matulie sous inspiration, ou possession, commanda à sa mère de la suivre jusqu'au fond de la cour. Bon !

— Mais qu'est-ce qui t'arrive ? Pourquoi veux-tu aller sur la cour alors que tout le monde est à l'intérieur ? lui demanda sa mère.

Pas de réponse de Matulie. Elle continua sur son chemin tout en titubant. Denise s'inquiéta. Elle pensait que Matulie était ivre.

— Qu'est-ce que tu as bu ? Elle lui demanda farouchement.

Matulie s'arrêta net et pointa le doigt sur le ventre de Denise et avec un petit sourire aux coins des lèvres, elle lui dit :

— *Ou gen pou fè yon lòt pitit fi.* « Tu vas avoir une autre fille.

C'était une prédiction assez étonnante pour Denise qui n'avait pas vraiment donné trop foi à cette révélation, sachant qu'elle a eu sa menstruation une à deux semaines auparavant… En effet, quatre mois plus tard après la révélation, Denise commença à ressentir certains malaises d'une femme enceinte. Au retour d'une visite chez le médecin, elle a eu la certitude qu'un bébé était en route. Depuis lors, ce fut la pratique ; de temps en temps, Matulie entrait en pleine transe. …

CHAPITRE VI

A. Vertulie Vincent

Le nouveau tournant.

Denise a toujours prodigué son amour à ses enfants. Son souci majeur avait toujours été de leur procurer le meilleur, surtout sur le plan intellectuel. Elle puisait son énergie dans la satisfaction qu'elle éprouvait dans leurs résultats académiques, surtout ceux de la petite Élise. Dès le début, elle a toujours fait en sorte que ses enfants fréquentent les établissements scolaires les plus réputés aux Gonaïves et du pays en général. À la maternelle, elles allaient à l'école de Madame Colimon Boisson, un jardin d'enfants qui était à un moment donné le joyau de la communauté. En première année, elles changèrent d'institution pour l'École primaire Saint-Pierre Claver, sous la direction des sœurs de Saint-Joseph de Cluny. Arrivées au secondaire, elles ont dû quitter l'établissement, car l'École primaire Saint-Pierre Claver n'offrait que le brevet. Elles joignirent le Centre d'études secondaires du *triumvirat* Pompilus-Riché-Claude (Pradel Pompilus[21], Pierre Riché[22], Jean Claude[23]), où elles

---

[21] Pierre Jérôme Pradel Pompilus: (1914-2000), grammairien, linguiste, écrivain haïtien, co-auteur du livre classique utilisé pour les études littéraires : « Histoire de la Littérature Haïtienne Illustrée par les Textes », défenseur du créole haïtien en tant que patrimoine linguistique national et aussi défenseur de la langue française en tant que patrimoine littéraire et moyen de communication internationale à travers la Francophonie, professeur de littérature. Co-fondateur et co-directeur du Centre d'Etudes Secondaires, l'une des écoles secondaires les plus renommées de la République.

terminèrent leur cycle d'études jusqu'au baccalauréat deuxième partie, à Port-au-Prince.

Durant les vacances d'été, qui durèrent plus de trois mois, Denise tenait également à inclure dans l'éducation de ses enfants des activités extra-scolaires. Dans leur agenda, l'art culinaire occupait la première place. Tous les samedis, à l'école de Mlle Dodart, elles apprenaient la gastronomie. D'un côté, Élise se plaisait bien à l'apprentissage de petites recettes de plats recherchés et de petits desserts ; Matulie par contre s'en fichait pas mal. Elle n'attendait que la fin de la session pour prendre sa portion de nourriture et déguerpir.

Tout comme la gastronomie, une femme avisée devait avoir des notions de couture. La broderie était en vogue. Et faire de la broderie sur tambour à la machine était en pleine mode. Matulie fit son apprentissage chez Mlle Volny, une couturière de renom dans la région.

Matulie aimait bien cela. D'esprit pragmatique, elle prévoyait déjà combien elle allait gagner des sous. Elle confectionnait presque tout ce qui était possible. Elle avait une certaine habileté à réaliser

---

[22] Pierre Riché: (1925-2001), excellent professeur de Mathématiques des classes terminales et d'universités en Haïti, également co-fondateur et co-directeur du Centre d'Études Secondaires.

[23] Jean Claude: professeur de langues (Latin et Grec) et aussi de littérature française, également co-fondateur et co-directeur du Centre d'Études Secondaires.

des chemisiers en tissu coton siam ou chambray avec des broderies à fleurs sur les épaules, au dos ou sur la poitrine. En bref, elle était douée, dans le sens du terme génial. Elle prenait plaisir à inclure de jolis motifs de dessin sur les blouses de coton et de lin. Sur des jupes évasées, elle incluait des sujets panoramiques décrivant le terroir. Sur les casquettes, c'était de la broderie à fleurs. Quant aux grands sacs à main, comme une artiste peintre, elle dessinait des paysages locaux et y ajoutait ses motifs de broderie. Elle préférait la broderie en fleurs ou en fruits tropicaux pour les vêtements légers, comme les maillots de bain, etc. Par ailleurs, tous ses clients ont bien apprécié ses œuvres. C'était une entreprise qui lui a été vraiment profitable. Et elle en a par la suite accumulé une bonne petite somme auprès des clients de sa maman.

À part la gastronomie qu'elle n'a pas trop aimée et la couture dont elle raffolait, Matulie demanda à sa mère d'inclure la musique dans le curriculum. Très jeune, elle avait développé une passion pour le piano. Habituellement, quand elle allait faire des courses en ville pour sa maman, elle s'attardait en chemin pour aller se percher contre le parapet de chez Mlle Anna-Marie, la pianiste de la ville. Elle y restait là, pendant longtemps, dans une certaine passivité, prenant plaisir à l'écouter exécuter une symphonie ou encore à la regarder en train d'enseigner à ses élèves. Ne pouvant se payer le luxe des leçons de piano pour sa fille, Denise lui avait offert des cours de guitare avec Maître Dodo, en échange. Ce qu'elle accepta, avec le cœur gros, pour abandonner par la suite. Elle jugeait qu'elle n'avançait pas et s'excusait en disant qu'avec Maître Dodo, c'était toujours monter la gamme ; « allez-y, ma petite : do, ré, mi, fa, sol, la, si, do….. Do, si, la, sol, fa, mi, ré, do…. », lui répétait-il à plusieurs reprises. À ce jeune âge, elle ne comprenait pas que cela faisait partie de l'apprentissage de la musique. Elle ne pouvait pas non plus supporter les douleurs au bout des doigts qui l'empêchaient de pratiquer son volley-ball.

Dès son jeune âge, Matulie avait été très athlétique. Elle avait toujours été à l'avant-garde de beaucoup de jeunes adolescentes de son époque. Elle s'entraînait déjà au judo et au karaté avec ses amis Labelle, Lucas et Maurice dit Ti Moy. Ce dernier fut le petit frère d'Abel Romain[24]. Matulie fut l'une des pionnières du football féminin, même à l'échelle mondiale. Bien avant la rencontre du premier match d'entre les blanches du Canado contre les rouges du Sacré-Cœur, toujours en compagnie de son amie Labelle, elle jouait déjà à la savane poussiéreuse, située à l'arrière de la caserne des Gonaïves, aux côtés de leurs amis garçons de l'équipe Aigle rouge. La rencontre des deux premiers clubs de football féminin de Port-au-Prince avait eu lieu le 19 décembre 1971, au Parc Sainte-Thérèse, situé à Pétion-Ville, dans la banlieue de Port-au-Prince. Matulie a, par la suite, fait partie de l'association la plus célèbre de la République « ASF Tigresses ». Grande et mince, elle faisait les délices de ses fans

---

[24] Abel Romain : l'un des plus grands professeurs d'arts martiaux en Haïti.

qui l'admiraient et l'applaudissaient au cours de ses lancées au centre du terrain de football et de ses longues traversées de balles à la manière de Franz Beckenbauer et de Johan Cruyff. Pour certains, elle était comme la « Jean-Joseph de l'Équipe nationale masculine ». Pour d'autres, elle était la « libero » qui contrôlait avec assurance et distribuait avec élégance et précision les passes à ses co-équipières pour le marquage des buts. Elle a aussi été parmi les sélectionnées pour faire partie de l'Équipe nationale. À cause d'un malaise de l'estomac manifesté soudainement, attristée, elle n'a pas eu la chance de participer à la grande tournée internationale estivale de l'année 1976, en France. Elle ne s'était pas revenue du fait qu'elle n'a pas pu arborer les couleurs du bicolore –bleu et rouge– de son pays pour disputer ce premier match contre l'équipe du Reims, aux côtés de ses co-équipières. Sa mère, par la suite, sous l'influence de sa sœur ainée, Élise, lui avait dès lors interdit de pratiquer le football.

La venue de Matty...

Une année s'est écoulée depuis la mort de Gilles. Et, le 27 avril 1966, Denise donna naissance à une adorable petite fille, celle que Matulie lui avait révélée lors d'une de ses séances mystiques. C'était bien la *Metrès-Èzili* qui était l'auteure de cette prédiction. Il lui a fallu quatre mois accomplis pour que ce bébé commençât à bouger dans ses entrailles. Denise était alors devenue l'autre femme, celle que beaucoup d'autres dames de la ville n'aimaient pas. Elle était la divorcée ; la rejetée ; la mal-aimée !

Denise avait tant d'amour dans son cœur !

Matty est née une année subséquente à la mort de Gilles. Elle fut pour Denise un cadeau de son père qui lui aussi naquit à la même date du 27 avril de l'année 1900. C'était là aussi une façon de plus pour Denise de se souvenir de son père avec qui elle partageait un si grand amour, un amour si pur, aussi précieux que le diamant. Elle a de ce fait continué à fêter toute sa vie ce jour du 27 avril, en commémoration de cet amour immensurable.

À la naissance de Matty, afin de pouvoir poursuivre ses études secondaires, Élise vivait déjà à Port-au-Prince avec sa tante, Donia. Sa maman avait fait confiance à cette dernière pour prendre soin d'elle. Elle était une enfant prodige. Elle était toujours très brillante à l'école —comme ses parents l'avaient été. Cela faisait déjà trois ans qu'elle avait passé son certificat d'études primaires. D'ailleurs, elle était lauréate ; elle était la première de la ville. À l'âge de quatorze ans, elle se préparait déjà à amorcer ses classes en Sciences humaines au Centre d'études secondaires. Bien qu'il n'y eût seulement qu'une différence de vingt mois entre Élise et Matulie, celle-là n'était alors qu'à sa dernière année d'études primaires. Elle a ainsi rejoint Élise au Centre d'études secondaires au début du prochain cycle académique, c'est-à-dire au commencement du mois d'octobre de l'année 1966.

Élise avait toute une panoplie de noms pour sa toute nouvelle jolie petite sœur. Déjà, elle imaginait comment elle allait la pouponner durant les vacances d'été. Parmi les noms qu'elle avait proposés, il y avait Mallorie ; Marie Mae (avec sobriquet, Maille) ; et Grâce (avec la prononciation anglaise de Grāce). Quant à Denise, elle voulait avoir un nom associé à la Vierge Marie, pour la remercier de ses bienfaits envers elle. Étant donné que la cadette Matulie portait déjà le nom d'Altagrâce, un nom dédié à la vierge de ce nom saint, elle a retenu Grāce, qu'elle a par la suite changé en Gracia puis converti en une anagramme Garcia pour y ajouter Marie à la fin. Cette petite fille a donc été baptisée du prénom de Garcia Marie, mais tout le monde la connaît plutôt comme Matty.

A. Vertulie Vincent

Malgré vents et marées, tu arriveras au but.
Avec force et courage, et sans être repue.
Ton gouvernail à la main, l'espérance au cœur,
Tu gères ton patrimoine pour trouver le bonheur.
Y-a-t-il encore mieux, quand on est généreux ?

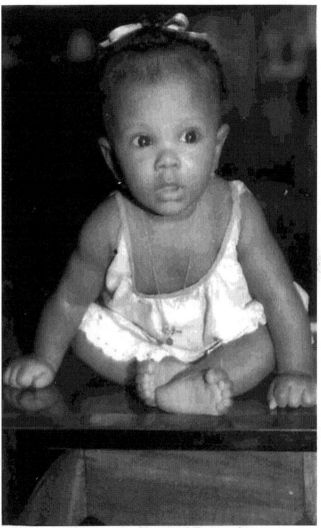

Photo : par Cherscal Toussaint

La famille était d'une homogénéité presque parfaite. Mis à part, les activités de modiste et d'esthéticienne, Denise avait aussi démarré un dépanneur. Quelques mois avant la naissance de Matty, sa dernière fille, elle avait abandonné son poste d'institutrice et, de ce fait, elle n'enseignait plus. Elle s'adonnait à la couture, son autre passion. Quand elle voyageait, le plus souvent pour une journée à la capitale, afin de s'approvisionner en fournitures pour sa couture ou pour commander des produits d'épicerie pour sa boutique, elle prenait toujours soin de rendre visite à ses deux précieuses filles, Élise et Matulie. Si toutefois elle n'avait pas le temps d'arriver tôt dans la matinée pour les voir avant qu'elles ne partissent pour les classes, elle se rendait alors à l'école aux heures de la récréation ou du déjeuner pour passer un moment avec elles.

Élise confiait souvent à ses amis la grandeur de l'amour qu'elle portait en son cœur pour sa petite maman chérie qui se sacrifiait tant pour elle. Pour combler l'absence de leur père, Denise se faisait aussi le devoir de tenir une relation très serrée avec ses filles. Elle leur écrivait une petite note presque chaque semaine et les filles en faisaient de même en retour. Tous les amis d'Élise, prenant en considération son attachement à l'endroit de sa mère, témoignaient, eux aussi, un sentiment d'affection remarquable et de respect vis-à-vis de Denise. Quelquefois, c'étaient eux qui annonçaient à Élise et à Matulie l'arrivée de leur mère, quand ils l'apercevaient scrutant l'essaim d'élèves en train de virevolter sur la cour de l'école pendant les périodes de récréation. Alors, d'un bond impulsif, Élise et Matulie se précipitaient vers la barrière pour essayer de s'accrocher à leur maman par-delà les barreaux. Parfois elles sont suivies de quelques-unes de leurs amies. Certains professeurs, eux aussi avaient développé une sympathie particulière vis-à-vis de Denise. C'était une attirance éblouissante due à la performance d'Élise qui se distinguait académiquement à l'école.

Par hasard, un jour, par l'entremise d'Élise, quelques-unes de ses amies avaient pris connaissance d'un des poèmes de sa mère. Depuis lors, elles manifestaient une certaine curiosité de pouvoir en lire d'autres. Denise, appréciant bien cette marque d'attachement portée à son endroit leur a dédié, un beau jour, ce poème qui suit, qui symbolisait une leçon de vie pour ses filles et leurs amies :

A. Vertulie Vincent

VOUS ÊTES DES FLEURS

Vous êtes des fleurs nouvelles, des fleurs à peine
écloses
Des lilas, des muguets, des violettes et des roses
Qui dansent dans le vent qui crie :
« Ah, Qu'elles embaument ! »
À vous qui insouciantes répandez votre arôme.
Vous êtes des fleurs, des fleurs que l'orage a bannies
Pour un temps encore proche de ses ravages
maudits.

Prenez-garde, vous êtes des fleurs !
Car l'orage un jour
Pourra vous encercler dans ses griffes de vautours
Vos pétales effeuillés, effeuillés par l'amour
D'un volage papillon s'éparpillent pour toujours
Et alors belles fleurs vous ne danserez plus
Dans le joli parterre où vous avez vécu.

Ce cœur plus vieux que ferme d'une grande amie
Dont vous avez voulu entendre le récit
Voudrait bien que sa bouche à jamais restât close.
Il ne vous connait pas et pourtant il vous aime
Vous prévient des déboires, des larmes et des
peines.

Ce cœur c'est un manoir croulant et solitaire
Qui se tait sur ces mots vous disant que sur terre
Plus grande est la douleur plus amère est la vie
Plus la plaie est profonde moins vite elle se guérit.

Le retour à Port-au-Prince.

Quelque quatre ans plus tard, la situation financière recommença à se détériorer. La boutique était tombée en déconfiture ; il n'y avait plus l'œil du maître. Denise, n'ayant pas assez de temps pour s'en occuper, avait laissé à quelqu'un d'autre le soin de le faire.

La vie aux Gonaïves était devenue de plus en plus difficile pour joindre les deux bouts. Le coût de la vie s'élevait. Plus les enfants grandissaient, plus les exigences de la vie augmentaient. Il fallait payer leur écolage ; envoyer une contribution –si modeste qu'elle fût– pour les dépenses diverses et de l'argent de poche pour les filles aînées qui vivaient chez leur tante. Par conséquent, la petite Matulie fut bien obligée d'interrompre ses cours au Centre d'études secondaires pour retourner vivre dans la ville natale, aux Gonaïves.

Denise ne pouvait plus payer les frais de scolarité. À un certain moment de la durée, c'était grâce à la générosité des amis de sa sœur aînée, qui contribuaient de leur argent de poche pour réunir le montant de l'écolage mensuel de Matulie ; ainsi, elle a eu donc la chance de retourner à Port-au-Prince et compléter l'année scolaire jusqu'à la fin du mois de juin. Point n'est besoin de s'enquérir de l'état d'âme de Matulie dans une situation pareille ! Elle a dû, par la suite, aller s'adresser à sa grand-mère, Lumène, pour lui demander un peu d'argent pour payer ses obligations scolaires. Et c'était avec le plus grand plaisir que sa grand-mère prenait religieusement soin de le faire sans renâcler ; ceci sur une période de huit ans, même durant le séjour de la grand-maman à New York. De sa modeste pension du gouvernement, elle a pu allouer un montant mensuel à sa petite fille ! C'est ce qui a permis à Matulie de continuer et d'achever son cycle scolaire jusqu'à la fin de son programme de l'école professionnelle des sœurs américaines et canadiennes ; *Christ the King Secretarial School* (École de Secrétariat Christ Roi.).

Dans l'espoir de trouver des débouchés meilleurs, Denise décida de laisser la ville des Gonaïves pour s'installer à Port-au-Prince. En se décidant de la sorte, elle devrait laisser son garçon Chuck et sa benjamine Matty sous les soins de sa petite sœur, Cécile.

Une fois établie à Port-au-Prince, elle s'était encore hébergée chez sa sœur ainée, Donia. Quelques semaines plus tard, elle avait loué une maison de deux chambres à coucher à la ruelle Charles Jeanty, non loin de la Place Jérémie à Bas Peu de Choses. Matulie a déménagé avec elle tandis qu'Élise était restée chez sa tante Donia.

Les débuts n'étaient pas faciles. Matulie se rappelait ces jours de privation où il n'y avait rien à manger ; même pas un morceau de pain rassis qu'elle pouvait tremper dans de l'eau sucrée pour assouvir sa faim. Denise avait de la difficulté à recouvrer le paiement des dettes de quelques-uns de ses clients. Du peu de ces habitués qu'elle avait au début, certains ne s'acquittaient guère de leurs dettes pour la confection de leurs vêtements.

C'était le début de l'ère de l'interpénétration des mœurs, d'un certain mélange culturel. C'était l'ouverture sur le monde extérieur, même pour le plus commun des mortels. Le désir de commander des vêtements importés battait son plein. Si l'on ne les achetait pas, on les recevait en cadeau –chacun semblait avoir un parent ou une connaissance qui vivait à l'étranger, surtout aux États-Unis–. C'était le début de l'invasion des *pèpè*[25].

Denise avait pu finir par reconquérir sa réputation de modiste ; et la clientèle avait timidement commencé à se solidifier.

---

[25] Vêtements importés légèrement usagés qui se vendent à bon marché.

A. Vertulie Vincent

La Cérémonie vodoue à la Plaine.

La maison où vivait Denise au Bas Peu de Choses appartenait à une dame connue du quartier. Elle s'appelait Mme Kédo. Elle était veuve. Elle occupait l'étage supérieur avec sa fille Lorraine et son neveu Jules. De temps en temps, elle recevait de la visite d'autres parents qui fréquentaient la maison, mais de façon intermittente.

On était au mois de décembre de l'année 1970. Les fêtes de fin d'année s'annonçaient en beauté. Comme de coutume, Mme Kédo, la propriétaire de la maison, se préparait à organiser une grande fête annuelle. Elle organisait un certain rituel pour remercier les Loas de sa famille et leur présenter quelques demandes pour l'année à venir. C'était une fête pas comme les autres. C'était une cérémonie vodoue. Cette fête était donc prévue pour la nuit du samedi 19 au dimanche 20 décembre et devait avoir lieu en sa résidence de villégiature à la Plaine du Cul de Sac[26].

Il y avait de l'excitation dans l'air. Il y avait une liste assez longue d'invités. Pour être au rendez-vous à l'heure, dès le vendredi soir, Mme Kédo ; son invité, Matulie, une amie de ses enfants ; sa fille Lorraine ; et son neveu Jules, tous prirent la route pour La Plaine. Ils étaient entassés dans la Peugeot verte de

---

[26] Région située non loin de la capitale sur la route nationale numéro 1.

117

Mme Kédo. D'autres invitées arrivèrent aussi à destination, en même temps que Mme Kédo et son groupe. L'atmosphère de fête y régnait déjà. Certaines arboraient leur accoutrement culturel : jupe évasée de tissu chambray, blouse décolletée ornée d'un volant de dentelles blanches au cou, coiffées d'un mouchoir en satin de couleur rouge. Mme Kédo, elle-même, était tout de blanc vêtue, ceinte d'un foulard en satin rouge par la taille et recouvert d'un mouchoir également en satin rouge, et des sandales du style « karyoka », aux pieds. Molo, l'un des neveux de Mme Kédo, le boute-en-train de la maison, était déjà sur place. Torse nu, affublé de son pantalon "jeans" délavés à jambes retroussées jusqu'aux genoux, foulard rouge enroulé autour du cou, pipe suspendue aux coins des lèvres, exhalant l'eau de parfum « Florida », il accueillait les visiteurs tout en marquant le pas sur un rythme petro. Pour compléter le fagotage, une machette contenue dans son étui était accrochée du côté gauche de sa hanche.

La nourriture du vendredi soir était à l'honneur ; par exemple, des rougets frits, bananes pesées frites, de la salade de laitue et de tomate, de la sauce piquante. Il y avait aussi du lambi boucané, et le Barbancourt était disponible à volonté. Tous, ils sont restés sur la cour jusqu'à une heure très avancée de la nuit, à tirer des contes et à se régaler. Étendus sur des nattes rangées un peu partout, peu à peu, ils finirent par succomber au charme de Bacchus. Bercés par la symphonie des oiseaux, le ruissellement de la source, accompagnée des croassements des grenouilles et des aboiements intermittents des chiens, tous les invités se sont, tour à tour, laissés tomber à corps perdu dans les bras de Morphée.

Le lendemain samedi, au premier cri du coq, le brouhaha de l'ambiance de fête reprenait place petit à petit. Vers le milieu de la journée, certains des convives se prélassaient allongés dans des hamacs. D'autres se trouvaient autour de deux grandes tables dégustant de temps à autre des *akras*[27], des *marinad*[28] ou sirotant du rhum punch, de la boisson gazeuse, de la limonade, ou de l'eau de coco à même la coque. Et un autre groupe était confortablement assis jouant à une partie de poker. D'un autre côté, à proximité, quatre hommes jouaient aux dominos pendant qu'une assistance s'en raffolait. Les serviteurs, au fond de la cour, s'occupaient des préparatifs pour la cérémonie. En début d'après-midi, une autre poignée d'invités s'amenèrent. À la tombée de la brume, l'hôtesse commença à vérifier que tout était à point, en ce qui était des nourritures, desserts et boissons, d'un côté pour les invités, et le plus

---

[27] Akra : Hors-d'œuvre préparé avec du malaga bien râpé auquel on y ajoute des épices à volonté, surtout du piment, et qu'on fasse frire à la mesure d'une cuillérée dans de l'huile bouillante.

[28] Marinad : Hors-d'œuvre préparé à partir d'un mélange de farine et d'eau, d'une consistance moyenne, auxquelles on y ajoute des épices à volonté, surtout du piment, et qu'on fasse frire à la mesure d'une cuillérée dans de l'huile bouillante.

important, pour les *manje loa* - la nourriture des loas. Elle contrôlait aussi la précision du tracé des *Vèvè*[29].

Elle s'attardait sur le *badji*[30] pour que tout soit harmonieusement bien placé. Elle s'assurait que les *rèn-chantrèl* (chanteurs et chanteuses) étaient tous présents. Jusqu'à ce qu'elle arrivait aux tambourineurs qui étaient au complet, elle donna alors le grand signal pour l'ouverture des cérémonies. Après les salutations, les prières, les chants et les appellations, les percussions des tambours tantôt langoureuses, tantôt gémissantes ou fougueuses emplissaient les lieux.

« *Sèvis la te kòmanse Nan Lakou Madan Kédo !*[31] »

Le son des tambours remplissait l'espace. Les *rèn-chantrèl* entamèrent un chant d'ouverture. Une prière spéciale d'une incantation catholique et africaine, *la priyè dyòk*, était dite par madame Kédo. Une salutation de l'est à l'ouest, du nord au sud, accompagnée de quelques gouttes d'eau au sol semblait déclencher toute une euphorie dans l'assistance. Et tout à coup, Matulie saisie par le frémissement rythmique du tambour fut entraînée

---

[29] Dessins spirituels - Desseins symboliques et sacrés représentant chacun un Loa en particulier. Il est le plus souvent utilisé pour focaliser comme point de concentration pour ce dit-loa.

[30] Autel, ou une pièce à l'intérieur du houmfor consacré pour un loa en particulier.

[31] La cérémonie était ouverte dans l'habitation de madame Kedo !

dans la mêlée. Elle se déplaçait tout en raclant, se tortillant au beau milieu de l'assistance. Voilà ! Elle était chevauchée par Atibon Legba, le Loa qui ouvre les cérémonies vodoues. Elle était entrée en transe et avait annoncé l'ouverture du *sèvis*, de la cérémonie. L'assistance se mit à chanter une chanson dédiée à Legba,

> *Louvri baryè a pou Atibon*
> *Papa Legba ki tape pase, eya, veye zo w*
> *Wa veye zo w, wa veye zo w, wa veye zo w ....*
> (Ouvrez les portes pour Atibon
> Papa Lega qui passait, surveillez
> Surveillez, surveillez, surveillez...)

et la *manbo*[32] lança un mot : *Ayibobo* !

Ayibobo[33], répéta l'assistance !

À proximité du *badji* Mme Kédo était assise dans un grand fauteuil. Tout à coup elle tira son foulard de la tête, sauta sur ses pieds et entra dans la danse. Au même instant, une autre dame du nom de Ciela, d'un port altier, se mit à marcher autour de la salle. Elle avait l'air de flotter dans les nuages. Elle commença à siffloter et à se caresser les cheveux tout en étalant un sourire béat. Les deux se mirent à

---

[32] Une Mambo est la cheffe de cérémonie. Elle remplit le rôle d'une prêtresse.

[33] Quand un Loa ou esprit se manifeste, le Hougan ou la Manbo crie Ayibobo. Tous les serviteurs répondent de la manière, en répétant Ayibobo. Ce qui signifie, c'est d'accord ; à la manière de « amen ».

danser côte à côte. Mme Kédo effleurant le visage de Ciela avec son foulard.

Un peu plus loin, une autre invitée nommée Tirsé se mit à ramper aux pieds d'une table. On lui apporta un œuf qu'elle cassa avec la pointe de ses ongles ; et tirant sa langue à la manière d'une couleuvre, elle l'ingurgita en un clin d'œil.

Le son des tambours continua de faire craquer les lieux !

Matulie, de son côté, n'a pas pu se remettre ; elle était en transe. Tout de suite, Molo lui présenta un coq, puis une dague dont la lame a été minutieusement aiguisée pour la circonstance. Après avoir pris le coq et brandi son kandjar étincelant, elle le hissa dans l'air en directions est-ouest et nord-sud, pour saluer les grands esprits de l'Univers. Fougueusement, Matulie zigouilla le coq de la gorge duquel gicla du sang que l'on laissa égoutter dans un kwi[34] et que l'on fit ensuite circuler dans l'assistance…

Entre-temps, Mme Kédo a eu le temps de reprendre son esprit. Tout à coup, au cœur de l'assistance monta un cri : Ehhhh ! Ehhhh ! Ehhhh ! Un homme de la région tout en culbutant fraya un chemin à travers la foule. Il fut retenu par deux autres d'une virilité à l'égal de « Samson » dans la mythologie grecque. Il commença à parler en langue. On le conduisit auprès de Mme Kédo. Après les

---

[34] Récipient fabriqué d'une moitié de calebasse desséchée.

rituels de salutations, il continua de converser à voix basse avec Mme Kédo tout en lui tenant par les deux mains. Et Mme Kédo de son côté acquiesçait tout ce qu'il lui disait.

À la suite de cet événement fabuleux, l'une des participantes à cette cérémonie fit parvenir un message à Denise, la maman de Matulie pour l'aviser que ce serait pour son bien et celui de tout le monde que Matulie s'abstienne de fréquenter certaines cérémonies, ou *sèvis*, car un malheur pourrait lui arriver. Dans le folklore haïtien, d'après certaines croyances populaires, il est dit que l'on pourrait échanger les Loas « naturellement hérités » contre d'autres esprits malfaiteurs. Ce message fut comme une surprise pour sa mère parce que sa fille ne lui avait jamais révélé la nature de la fête à laquelle elle allait participer. Et Denise, toujours enfouie dans ses lots de tissus et clouée derrière sa machine à coudre, ne s'est pas, non plus, souciée de lui en demander.

En fait, depuis la première possession de Matulie quand elle avait 9 ans, poussée par une curiosité véhémente, elle était déjà encline à la pratique du Vodou. À l'insu de sa mère, elle se plaisait à fréquenter les *houmfors*[35], maisons où l'on tenait des cérémonies vodoues.

Son côté artistique ne s'arrêtait pas à la couture, et l'art culinaire. S'associant au Vodou,

---

[35] Temple vodou.

Matulie découvrit une passion dans l'art des *trase*[36] *vèvè*. Dans un temps record, elle s'était apprivoisée aux différents types qu'elle prenait plaisir à mémoriser.

Matulie se passionnait pour la danse. Il ne lui a pas pris du temps pour se familiariser avec les différents styles du *bat tanbou* vodou. Ces rythmes du tambour faisaient remuer ses entrailles jusqu'à, dans certains cas, la propulser dans une autre dimension : une dimension de l' « astrale ». Elle paraissait transformée dans ces milieux-là ; comme si elle était habitée d'un autre corps. Elle se disait toujours que si elle n'avait pas l'habitude de voir sa grand-mère se réveiller à quatre heures tous les matins pour aller à l'église, elle serait probablement une *mambo/doktè fèy*[37] devant son *badji* à vénérer ses loas ou en train de secouer son *Ason*[38] en dansant au rythme effervescent des *asòtò*[39] dans son *peristil*[40]. Elle se sentait vraiment bien, dans cet univers !

---

[36] Tracés de dessins spirituels.

[37] Prêtresse/guérisseuse.

[38] Hochet sacré.

[39] Tambour principal du Vodou. « *Tanbou se vwa lespri, se vwa lapli, se vwa van k ap chante, se vwa zèklè k ap roule... Asòtò chante la jwa, tanbou se la priyè lespwa... Asòtò se zantray* ».

[40] Lieu sacrée (Temple) pour les cérémonies vodoues.

Une grande surprise, mais rien d'étonnant ! Tout ce beau monde qui organisait chez eux ces danses vodoues faisait partie de la clientèle de Denise ou bien pour la couture ou bien pour le repassage des cheveux. Et malgré les quelques avertissements reçus, Matulie continuait à fréquenter ces lieux et à participer aux cérémonies.

La dernière à laquelle elle avait assisté fut une cérémonie de *Gede*[41] qui a eu lieu en Floride, aux États-Unis au mois de novembre de l'année 1981. C'était à cet endroit qu'elle fit la connaissance du célèbre poète, journaliste, et comédien Christian Carteron.

Tout cela se passait dans une piscine vidée de son eau. Les participants se déhanchaient au rythme cadencé du *Banda*[42]. Ils portaient tous des couleurs attribuées aux *Gede* ; la couleur noire, par exemple, symbolise le deuil, alliée aux nuances ambivalentes du violet. Leurs visages, peints avec de la chaux, reflétaient l'aspect cadavérique. Certains arboraient leur chapeau haut de forme toujours de couleur noire. D'une bouteille contenant un mélange de sauce piquante et de *Kleren*[43] ils se badigeonnaient le sexe

---

[41] Fête traditionnelle célébrée le 2 novembre, le jour de Tous les Saints.

[42] Style de danse dans le folklore haïtien.

[43] « Kleren », du Créole haïtien, est un spiritueux distillé fabriqué à partir de la canne à sucre produite en Haïti, qui subit le même processus de distillation, et les matières premières comme le rhum. Bien entendu, le kleren est moins raffiné. Il est parfois dénommé un

et en buvaient également. C'étaient les seuls indices qui laissaient croire qu'il s'agissait d'une cérémonie vodoue. La rencontre avait plutôt l'air d'une réunion politique. En fait, Matulie y accompagnait son conjoint Lelièvre. La maîtresse de maison faisait partie de son groupe d'amis. Alors que le spectacle se déroulait dans la piscine, les hôtes et quelques de leurs invités étaient assis autour d'une table en train de discuter. Plutôt intéressée à la danse des *Gede* qu'à la conversation, Matulie ne prêtait quasiment aucune attention. Le lundi d'après, alors qu'elle était dans son bureau, Matulie reçut, un appel téléphonique de son mari, un vétéran de l'Armée américaine.

Dans une excitation qui a encore plus accentué son zozotement, il lui dit :

— Tu sais chérie, je m'en vais.

— Tu t'en vas où ?

— Je m'en vais à Haïti.

— Ben ! Mais de quoi parles-tu ? Comment ? T'en vas-tu à Haïti ?

---

rhum blanc en raison des qualités similaires. Il est considéré comme une option moins onéreuse que le rhum standard en Haïti et, en conséquence, il est plus consommé. C'est la boisson de prédilection de certains Loas du Vodou haïtien. Il est comparable à la Cachaça du Brésil, à l'Aguardiente de Cuba, et le vin élevé de la Guyane.

— Oui, je vais délivrer le peuple haïtien de la dictature de Papa Doc.

— Mais, tu te paies ma tête !

— Comment ?

— Tu te fous d'ma gueule !

— Quoi ?

— Tu as des illusions !

— Télévision ?

— Non, tu perds les pédales ! Comment peux-tu imaginer pareille chose ? Qui t'a mis cette idée saugrenue dans la tête ?

— Cela a été décidé samedi dernier au cours de la cérémonie de *Gede*. Il va y avoir un groupe à voyager au mois de janvier et un autre groupe, transportant des munitions à les joindre plus tard.

— Tu sais Lelièvre, nous en parlerons plus tard, à la maison, parce que je ne comprends vraiment pas cette décision subite de partir pour Haïti. Et à quel prix ? Cela fait combien de temps depuis que tu as quitté le pays ?

— Près de quinze ans. Je sais que cela va de mal en pis ; tout cela a été discuté avec le groupe. Je ressens l'appel. Tu ne saurais me comprendre. C'est

127

un devoir pour moi de partir à la rescousse de ce peuple qui souffre et vit dans une misère noire depuis un quart de siècle. Toi, tu le sais mieux que moi. Il n'y a pas longtemps depuis que tu es partie d'Haïti. De plus, tu travailles avec nos frères réfugiés à l'immigration. Tu vois dans quel état ils se trouvent quand ils débarquent au camp Krome[44], à Miami, en Floride. Tu avais même perdu connaissance la première fois que tu avais pris contact avec eux, tant que tu avais du mal à regarder cette souffrance qui sculptait leur visage après leur longue et périlleuse traversée sur mer.

— Tu sais chéri, nous poursuivrons cette conversation à la maison.

À la maison, Matulie a utilisé de tout son charme pour ne pas revenir sur ce sujet. Les fêtes de fin d'année se sont déroulées dans le calme, en stricte intimité, en compagnie des amis les plus proches. Et un beau jour, vers la fin du mois de janvier 1982, son mari lui fit encore un de ces coups de téléphone urgents.

— Chérie, te souviens-tu de Christian Carteron ?

— Bien sûr, le célèbre poète-journaliste-comédien, j'avais l'habitude de l'entendre à la radio et de l'admirer sur scène depuis que j'étais en Haïti. De plus, il nous a formellement été présenté au cours de

---

[44] Centre de détention des réfugiés en provenance d'Haïti et de Cuba.

cette fameuse réunion de novembre dernier chez tes amis.

— Exactement ! Il a été assassiné au cours du débarquement sur l'Île de la Tortue. Il a été reporté que les habitants –tu vois ces mêmes habitants qu'il voulait délivrer de la dictature– l'ont décapité le 25 janvier dernier.

Et Matulie rétorqua :

— Tu me comprends maintenant, ce serait aussi ton sort.

Le désir de retourner au pays animait toujours Lelièvre ; en effet, ce qu'il a fini par réaliser quelques années plus tard. Lui aussi, il mourut aux Gonaïves la nuit de Noël de l'année 1987, d'un accident de voiture.

Matulie a, dès son jeune âge, toujours été très intuitive. Elle a toujours été guidée par un sixième sens. C'est probablement cette force qui l'a poussée à objecter de façon si enflammée à la décision de son conjoint de faire partie de cette expédition sur Haïti pour renverser le régime dictatorial de Papa Doc. Dans ce même ordre d'idée, il a aussi été dit que Rode avait été *reklame*[45] par des loas et qu'Il les avait rejetés. Cela n'a jamais été un secret dans la famille. En guise de religion, Il avait toujours consi-

---

[45] Les « reklame » sont les héritiers des esprits –loas-, et de ce fait ils doivent les servir.

déré le vodou comme un culte caché avec des ramifications diaboliques. Il ne saurait se dépeindre assis sur une chaise en paille basse en train de tirer des cartes étalées dans une van d'osier. Il n'était pas du caractère de diseur de bonne aventure. De ce qu'il a pu apprendre, un adepte du vodou était celui ou celle qui gravitait dans l'arrière-pays et qui dégageait encore l'odeur du terroir ; faisant ainsi parti du plus bas échelon de la société.

Cela a été bien dommage pour lui. Sa vie aurait peut-être eu un autre tournant. Il aurait sans doute eu une vie plus sereine et aurait vécu au-delà de 45 ans. Matulie a toujours ouï des propos concernant l'abus d'alcool de son père comme étant un sortilège qui découlait de son refus de servir les loas. La vie de sa fille aurait définitivement été différente. Elle n'aurait jamais eu à charrier tout au long de son existence ce conflit d'embrasser sans détour la culture, l'héritage d'une branche de ses ancêtres du Dahomey.

De nos jours, le vodou est plus ouvertement pratiqué en Haïti. Ses adeptes appartiennent à toutes les couches sociales. On les retrouve dans les milieux politiques, artistiques autant que commerciaux. Le Maître suprême et Guide Spirituel, Max Beauvoir, en plus d'être fils de médecin, détient, lui aussi, un doctorat en biochimie de l'Université de la Sorbonne. En outre, il n'est pas le seul intellectuel de sa famille à pratiquer le vodou.

La complaisance.

Deux ans plus tard, après cette mémorable cérémonie vodoue du mois de décembre à La Plaine, Denise quitta la résidence de Mme Kédo au Bas Peu de Chose pour emménager dans une plus grande maison à l'avenue Magny. Elle s'y installa en compagnie de sa fille aînée, Élise et de son fils Chuck, qui avait vécu jusque-là aux Gonaïves avec sa tante Cécile. Comme Donia, la sœur aînée de Denise, avait entre-temps émigré à New York aux États-Unis d'Amérique avec son mari ; les enfants de ces derniers étaient également venus cohabiter avec elle. Deux des belles-filles de Denise, en l'occurrence deux des enfants de Rode de son second mariage, y ont aussi transité quelques mois avant leur départ pour l'Amérique du Nord. L'une s'est rendue à Montréal et l'autre à New York.

La maison de l'avenue Magny a toujours été agréable et joyeuse. En plus de leur vie scolaire, presque toutes les filles participaient à des activités culturelles. Jacquie, une des cousines de Matulie, suivait des cours au Conservatoire d'Art dramatique de Gérard Rouzier. Régine, une autre cousine, ainsi que Matulie faisaient de la danse folklorique et fréquentaient le Petit Théâtre Amateur de Maître Gérard Armand Joseph. À part le football, la danse folklorique et le théâtre, Matulie prenait aussi des cours de danse latine au studio de Danses de Harry Policard. Certains dimanches, comme par enchantement, toute la maisonnée se réunissait au salon pour un après-midi théâtral. Chacun présentait en *solo* ou en *duo* une pièce quelconque : c'était ou bien des spectacles de danses, de chants, des montages de sketches ou des déclamations de poèmes. En fait, tous, ils prenaient plaisir à se meubler l'esprit et à s'amuser sainement.

Pour suppléer à ses revenus, Denise travaillait l'après-midi dans un restaurant situé près du Rex Théâtre, au Champ de Mars, où elle avait trouvé un petit boulot –à côté–. Élise poursuivait ses études universitaires à la Faculté de Médecine et recevait une allocation mensuelle du gouvernement. Matulie fréquentait l'École américaine des Sœurs du *Christ the King Secretarial School* (École de Secrétariat Christ Roi). Comme annoncée par Rode, dans son illusion prophétique, plus d'une quinzaine d'années auparavant, Élise obtint, en effet, son diplôme de médecin à la faculté de Médecine et de pharmacie de l'Université d'État d'Haïti au mois de juin de l'année 1977. Matulie reçut également son diplôme de Secrétaire de Direction au cours de la même année.

Sans perdre de temps, et sur la recomman-dation d'un collègue, Élise commença immédiate-ment son internat en médecine préventive. De son côté, Matulie obtint son premier emploi au sein du gouvernement de la République, au TPTC, le dépar-tement des travaux publics, du transport et de la communication. Quant à Élise, elle se maria le 7 août de cette même année. Elle et son mari s'installèrent dans la commune de Sainte-Marie au Canapé-Vert. Ils étaient tous les deux médecins. Ils rendirent un grand service à cette communauté, surtout aux défavorisés. Chuck, le seul garçon de la famille, fréquentait déjà le Centre d'études secondaires où il comptait achever son cycle d'études et obtenir un certificat en Sciences humaines. Matty, la benjamine, poursuivant encore ses études primaires chez les religieuses aux Gonaïves, était à la garde de sa tante Cécile.

Que c'est beau de se sentir bien !
J'ai la paix et l'amour de ma petite famille.
Élise, Tulie, Chuck et Matty…
Mon Dieu ! Que je vous aime tous!

A. Vertulie Vincent

CHAPITRE VII

A. Vertulie Vincent

L'envol pour les États-Unis.

Denise avait encore du chemin à parcourir avec ses deux plus jeunes enfants Chuck et Matty ; elle rêvait malgré tout d'une vie meilleure. La maman de l'une des amies d'Élise, sa fille, s'était pendant longtemps battue du bec et des ongles pour la faire voyager. Elle l'invita, à plusieurs reprises pour lui faire visiter la fabuleuse ville de New York dans le dessein de la garder et lui trouver un travail.

À cette époque-là, le visa de touriste pour voyager aux États-Unis était incrusté de diamants ; et ce n'était pas à la portée de la pauvre Denise ! Elle a essuyé pas mal de refus des représentants du consulat américain en Haïti. Tout compte fait, Doran, son frère aîné, qui vivait déjà à New York depuis plus d'une vingtaine d'années, suivant les conseils de sa femme, Marlène, a eu le grand cœur de solliciter et de garantir des visas de résidents pour Denise et ses enfants mineurs. Durant l'été de l'année 1978, comme anticipé, les visas lui ont été accordés. Denise éprouvait une certaine satisfaction, un certain contentement. Une ère nouvelle plein d'avenir allait débuter dans sa vie. Mais ce plaisir avait plutôt une saveur douceâtre. Sortir de sa zone de confort n'a pas toujours été une chose agréable. De l'autre côté, ses deux adolescents, à savoir, Chuck et Matty, visionnaient déjà cette vie meilleure tant convoitée aux États-Unis, « le pays des opportunités ». Le plus important, c'est qu'ils allaient pouvoir être plus près de leur maman et rattraper les années perdues au cours de leur enfance.

Les jours suivants, les bousculades des préparatifs du voyage avaient, en quelque sorte, dissipé ses appréhensions. Le 2 octobre, elle se préparait à s'en aller de son Haïti chérie, « Terre mystérieuse ; la terre du soleil et du sourire ». Les adieux à l'aéroport ne se sont pas déroulés sans l'averse des sanglots. Sa Tulie allait lui manquer. Elle la laissait aux soins de sa fille aînée et de son conjoint.

À bord de l'avion, Denise ressentait une pointe d'amertume dans le cœur et a passé toute la durée du voyage à méditer sur les mystères joyeux du rosaire. Tout de suite après l'atterrissage, encore dans son siège, elle poussa un long soupir et fit un grand signe de croix pour remercier Dieu d'avoir été à côté d'elle et de ses enfants au cours de ce voyage au-dessus de l'océan.

Elle se pencha vers ses enfants et leur demanda tout bas :

— N'avez-vous pas eu peur ?

— Un peu, répondit Chuck.

— Et toi, Matty ?

— Pas du tout.

— Même au cours des secousses, quand l'avion traversait les nuages.

— Pour moi, les chocs que je ressentais, c'était comme parcourir la plaine de l'Artibonite en voiture. J'ai tellement envie de voir ce New York, dont on parle tellement, et de l'explorer, qu'il n'y a pas eu même un brin de peur en moi.

Chuck était sur le point d'ajouter à la conversation quand Denise lui fit signe de tirer les sacs à main du compartiment du dessus des sièges et de suivre la file des passagers qui évacuaient l'avion.

Après avoir rempli, sans complications aucune, toutes les formalités au service de l'immigration, alors qu'ils attendaient les bagages autour du carrousel, Denise poussa un « ouf » de soulagement.

— Incroyable mais vrai. Après tant d'années, finalement, je suis à New York !

S'adressant à Chuck, elle lui dit :

— Chuck, tu te souviens bien des instructions de Ton Doran.

— Oui, Maman, j'avais tout écrit dans mon calepin. Je vais tirer les bagages, je te dirai à notre sortie de l'aéroport.

Dès leur sortie, Denise se sentait déjà dépaysée devant toute une caravane de taxis. Ils étaient tous de couleur jaune comme l'avait décrit son cousin Rulx. Des voitures qui accéléraient ; d'autres qui étaient stationnées et à qui on demandait au chauffeur de se déplacer au son de l'avertisseur. En fait, tout un désordre qui paraissait bien ordonné. La nostalgie commençait déjà à s'accaparer de son bien-être.

— Chuck, qu'est-ce que l'on fait ?

— Du calme, Maman. Pas de panique. Ton Doran avait dit de traverser la rue et d'attendre sur la chaussée. Et c'est ce que nous allons faire.

— D'accord. Matty, viens plus près de moi. Tiens-moi par la main.

— Mais Maman, je ne peux pas. Je porte un sac à main et je dois charroyer ces valises.

— Ah bon, je vois. Surtout ne t'éloigne pas trop de moi. N'avez-vous pas froid les enfants ? Moi, je claque les dents. J'espère que Ton Doran va nous apporter quelques vêtements chauds.

Au bout de la traversée de la grande porte de sortie automatique de l'aéroport JFK[46] à l'autre côté de la rue, Doran était déjà là à leur attente.

Après les embrassades et toutes les expressions de contentement des retrouvailles, Doran leur demanda de patienter, le temps pour lui d'aller récupérer sa voiture et de revenir les chercher.

New York est une ville qui cesse de ne bouger que dans le sommeil. Sur le chemin vers la demeure de Doran, les enfants ne s'arrêtaient pas de s'étonner à la vue des lumières, des gratte-ciels, des autoroutes, des pancartes, des enseignes lumineuses et surtout de ce vent frisquet qui les portait à se dandiner de temps à autre. Denise, elle, très loin dans ses pensées, avait gardé un silence qui dénotait l'incertitude. Elle paraissait un peu crispée.

L'adaptation à cette nouvelle vie s'annonçait dans une atmosphère plutôt ténébreuse pour la nouvelle arrivée et ses deux adolescents. C'était l'automne. Les feuilles commençaient déjà à se détacher des arbres pour former le tapis habituel d'une couleur cuivrée annonçant ainsi la froidure de l'hiver. C'est la saison qui, au dire de ceux qui y sont habitués, fait broyer du noir.

On disait souvent que l'argent tombait des arbres à New York. Chacun attendait son tour pour y

---

[46] John Fitzgerald Kennedy, 35ème président des États-Unis d'Amérique de janvier 1961 à son assassinat en Novembre 1963, à l'âge de 46 ans.

aller et en profiter. En fait, vivre aux États-Unis ne paraissait pas aussi rosé que l'on eût voulu le faire croire à ceux qui résidaient en Haïti.

Quelques mois avant son départ, Denise avait eu une crise fulgurante de la vésicule biliaire. Matulie se souvint combien elle avait dansé et tapé des mains en poussant des cris autour du corps de sa maman quand elle l'avait trouvée, une nuit, inconsciente, étendue au salon. Elle s'était tellement tordue de douleur pendant toute une nuit qu'elle avait succombé et Matulie, n'arrivant pas à la réanimer, pensait que sa tendre maman chérie avait rendu l'âme. Ce fut grâce à la générosité des voisins qui, aux cris stridents de Matulie, ont accouru chez elle et sont parvenus à la raviver en lui faisant renifler l'odeur de coton brûlé. Alors, dès son arrivée au « Big Apple[47] », Denise dut se faire opérer en urgence. Cet incident la handicapa dans ses débuts dans cette grande ville connue comme la capitale du monde.

Infortunée, ou bénie, au bout de trois mois, Denise et Matty ont dû retourner en Haïti. Elle a été aux petits soins pendant ce séjour précipité. Après avoir bien pesé le pour et le contre durant leur retour dans l'île, Denise et sa benjamine étaient reparties pour New York. Cette fois-ci, elle avait de nouvelles intentions.

Par la grâce de Dieu, Denise avait trouvé un bon emploi dans une maison de haute couture à Manhattan. Elle allait travailler indépendamment ;

---

[47] Surnom de la ville de New York.

seule. La Maison lui avait accordé une certaine liberté d'innover ou d'adapter son propre style aux concepts présentés par son superviseur. Par inadvertance ou par précipitation, un jour, elle commit une erreur qu'elle regretta le reste de sa vie. Voulant dévoiler son talent à une clientèle plutôt exclusive, elle modifia un modèle suggéré sans obtenir l'avis du superviseur. Craignant de se faire réprimander, ou sanctionner, elle abandonna la compagnie sans dire mot à quiconque.

La vie à deux, comme il est dit, implique des sacrifices, des concessions. Dans le cas de Denise, il est vraisemblablement acceptable de constater les quelques séquelles de l'après-mariage qui ternirent son être. Le feu ahurissant qui habitait cette jeune femme s'était éteint à son insu. La flamme qui brûlait de ses yeux disparut dans l'anonymat. Hélas ! Le divorce avait bien laissé des séquelles indélébiles dans sa vie. Elle semblait ne plus pouvoir se fixer. Ses décisions étaient constamment teintées d'un sentiment de peur. Elle redoutait toujours de s'aventurer ; de prendre des risques ; de s'affirmer ; et surtout d'être critiquée. A-t-elle donc raté une occasion favorable dans sa vie ? Pourrait-elle se garantir une place au sommet de ses capacités ? Puisqu'elle vivait à New York, allait-elle réaliser ce grand « rêve[48] » américain ?

---

[48] Celui de s'acheter une maison et de pouvoir vivre dans l'aisance, sans avoir chaque jour à compter le peu de sous qui lui restaient pour telle ou telle autre facture à payer...

Tout n'était pas perdu. Elle a su quand même se mettre debout pour confronter les obligations de la vie. À la suite de cette mésaventure, elle s'était réfugiée chez des Coréens pour bosser à la pièce. Ce qu'elle a fait pendant plus de dix ans.

L'altération émotionnelle.

Denise a toujours été en proie à sa tragédie intime. Elle était éternellement obsédée par l'idée que l'une de ses enfants allait être flagellée par les mêmes fatalités qu'elle a eu à subir dans sa vie. Elle s'inquiétait surtout pour sa cadette Matulie. Il y avait invariablement eu des notes de discordance au beau milieu des célébrations du mariage de chacune de ses filles ; les unes plus abracadabrantes que les autres. Matulie n'avait pas pu assister au mariage d'Élise, sa sœur aînée, car tout au début de la cérémonie, Denise avait perdu connaissance tant qu'elle était secouée par des sanglots. Matulie avait dû se retrouver à son chevet pour prendre soin d'elle pendant tout le temps de la célébration et même jusqu'à la fin de la réception. Au mariage de Matulie ainsi que de celui de Matty, ce fut encore les mêmes scènes de larmes qu'elle ne pouvait contenir, mais sans la perte de connaissance ces fois-là.

En fait, avec ses dons de clairvoyance, elle prévoyait déjà les déboires et les dénouements des mariages de ses filles. Naturellement, c'était plus fort qu'elle : elle se manifestait toujours à travers des pleurs à n'en plus finir.

Le trentième anniversaire de naissance de Matulie, le 21 octobre 1983, ne fut pas du tout un jour

A. Vertulie Vincent

joyeux pour elle. Une vague de cafard s'était abattue sur elle. Elle a passé toute la journée en larmes voyant qu'elle était divorcée, qu'elle n'avait pas d'enfants et qu'elle avançait en âge. À la cassure de son mariage avec son premier mari, Matulie était entre-temps retournée vivre en Haïti et avait rencontré celui qui allait devenir par la suite son second mari.

Elle participait toujours aux célébrations des fêtes de sa sainte patronne, la Vierge Altagrâce ; une habitude qu'elle hérita de sa mère. Le 21 janvier, l'année suivante journée de célébration de la vierge, elle s'était rendue aux festivités organisées à l'église de Delmas, en Haïti. Au cours de son invocation à la vierge, les bras levés vers le ciel, l'implorant dans une prière, elle lui communiqua cette supplication :

« Vierge Altagrâce, ma Sainte Patronne, ma Mère, du plus profond de mon cœur, je Te demande de m'accorder la grâce de retourner à Tes pieds pour la célébration de l'année prochaine, mais avec un enfant sur les bras. »

La vierge a dû en effet entendre les supplications de Matulie. Vers la mi-février, dans moins d'un mois plus tard, elle a eu un songe prémonitoire que son amoureux s'était transformé en un bébé dans ses bras alors qu'ils goûtaient à un moment d'intimité. Au mois de mars 1984, les vœux de Matulie allaient être concrétisés. À la suite d'une visite chez son médecin, ce dernier lui confirma qu'un beau petit garçon était en train de grandir dans son sein.

Matulie, tout en liesse, fit sans délai parvenir la nouvelle à sa maman qui vivait à New York. Elle a célébré avec les quelques amis qui avaient embrassé sa décision. Quant à ceux qui avaient porté des jugements, elle en avait fait fi d'eux. Quelques jours avant son anniversaire, au mois d'octobre suivant, qui aussi correspondaient à deux mois avant la naissance de son fils, elle reçut ce poème de sa maman, Denise :

La Vie en Rose

Trente et un ans vécus d'une existence morose
Pourrais-je à son déclin cueillir enfin une rose ?
Non ! Blessée par les épines, les épines d'une
rose
Que je voulais cueillir encore à peine éclose.

Je Hais la Vie en Rose !

Mon cœur, ma religion, contraire à certaines
choses
N'ouvriront pas les portes trop longtemps restées
closes.
Mon cœur où suinte encore la trace des
ecchymoses
Et ma chère religion qui n'attend pas de pose.

Je Crains la Vie en Rose !

Je Hais la Vie en Rose! Je Crains la Vie en
Rose !
Car moi à peine éclose n'eus que des
ecchymoses,
J'ai frôlé la psychose.

Je resterai morose !

Matulie n'a jamais pu déceler les raisons de ces vers offerts par sa maman à l'occasion de son 31e anniversaire. Elle n'a pas non plus osé lui poser aucune question concernant l'interprétation de ce poème. Les seules conclusions qu'elle ait pu en tirer n'étaient que Denise avait probablement transposé sa vie sur la sienne, ou encore qu'elle n'approuvait pas sa décision d'avoir un enfant en dehors de l'union matrimoniale. Il lui restait néanmoins une certaine incertitude. Elle se doutait de la possibilité que Matulie, cette deuxième fille qui fit son apparition sous une pleine lune un mercredi 21 octobre de l'année 1953, ne fût peut-être pas l'une des causes de son divorce d'avec son cher mari, Rode, partant, tous les malheurs qu'elle eut à endurer tout le reste de sa vie. Denise n'a jamais ouvertement protesté la décision de sa fille de vouloir combler son existence en mettant au monde un enfant en dehors du mariage. Cela ne lui a pas non plus empêché de chérir son petit-fils qui autant la chérissait et l'appelait Amour !

A. Vertulie Vincent

La peur de l'abandon.

Au cours des quinze dernières années de sa vie, Denise a été submergée par le sentiment d'avoir été laissée pour compte. Ses enfants, qui étaient sa seule raison de vivre, menaient leur petite vie, chacun avec sa nouvelle famille. Tous ceux qu'elle aimait se détachaient d'elle. Elle s'était sentie rejetée... Elle s'était sentie seule... Elle s'était sentie inutile... Écrasée par ce sentiment d'abandon, elle sentait qu'elle n'avait plus raison de vivre, au point de laisser un jour jaillir de sa poitrine ce cri de désespoir :

J'ai dépassé hier le stade du mépris !
J'affronte aujourd'hui celui de l'oubli !
Seigneur, pourquoi ne prends-tu pas ma vie ?

Depuis son retour de l'Allemagne, où elle a été pour assister aux couches de sa benjamine Matty lors de la naissance de sa fille aînée, elle n'avait jamais pu se stabiliser. Durant son absence, Matulie, après avoir donné naissance à son fils, s'était, à nouveau, casée à New York. Elle avait décoré, à son goût, l'appartement où vivait Denise avant son départ pour l'Allemagne. C'était une initiative qui ne l'avait pas du tout enchantée. Denise n'avait cessé de répéter qu'elle ne se sentait plus chez elle. Dès lors, entre elle et Matulie, c'étaient des chicanes éternelles. Les moindres faits et gestes de sa fille, à propulsion, l'irritaient de jour en jour. Denise était devenue de plus en plus bileuse. Puis un beau matin, le 23 juillet 1994, suite à une dispute tout à fait insignifiante au sujet de la consistance d'un jus de fruits naturels qu'elle avait préparés pour Matulie, elle a décidé d'aller emménager au sous-sol de chez son petit frère, Dess. Étant donné que ce dernier avait toujours manifesté une certaine obligeance vis-à-vis de sa grande sœur, le frère l'a accueillie à bras ouverts, particulièrement sa nièce Louloune qui l'a si gentiment aidée à orner son nouvel appartement.

Peu de temps après avoir pris refuge chez son frère, le besoin de bouger l'avait de nouveau atteinte. Denise rejoignit Matty qui était entre-temps retournée s'établir aux États-Unis où elle et son mari avaient fait l'acquisition d'une nouvelle maison à Oviedo dans le nord de la Floride.

Quelques mois plus tard, Denise avait le mal du pays et était retournée à Haïti. Elle n'était pas tout à fait satisfaite de ses « conditions de vie », se disait-elle. En Haïti, c'était le va-et-vient entre la maison de sa fille aînée Élise, de son fils Chuck à Port-au-Prince, ou de sa petite sœur Cécile, aux Gonaïves. Denise s'était tout à fait transformée en une nomade.

Après son 65e anniversaire de naissance, voyant qu'elle avait atteint l'âge de jouir des bénéfices de la Sécurité sociale du Gouvernement américain, Matulie l'a priée de revenir vivre à New York pour pouvoir au moins en profiter après avoir si longtemps et si durement œuvré dans ce pays aux mœurs différentes de la sienne. Denise avait tant bien que mal accepté. Sa condition diabétique qui avait été diagnostiquée depuis l'âge de cinquante ans s'était empirée au cours des ans. Ses yeux ont été atteints de toutes sortes de maladies dégénératives. Matulie eut pour mission de l'amener régulièrement voir ses médecins ou de lui trouver quelqu'un pour la suppléer en cas d'indisponibilité. Matulie devait aussi lui faire journellement les prélèvements sanguins pour mesurer la fluctuation de son taux de glucose. Et c'était toujours au prix d'un combat orageux ! L'accélération des visites chez les médecins, et les interventions au rayon laser aux yeux avaient rendu Denise plus irritable.

D'un spleen inattendu, Denise se soucia peu de sa santé. D'un désespoir inouï, elle arrêta la routine de s'ingurgiter ses médicaments. Elle les accumulait et les cachait dans son armoire. Elle était au désarroi ! Elle n'observait plus sa diète. Sachant que Matulie utilisait rarement le four à micro-ondes, elle y cachait des bouts de gâteau qu'elle mangeait en cachette. Denise boudait la nourriture que sa fille lui préparait, prétextant très souvent que c'était comme une « tisane ». Par protestation, elle s'en procurait dans une boutique d'en face. Elle prit l'habitude de s'acheter un pâté au bœuf jamaïcain et une cannette de boisson gazeuse. Elle avait développé une certaine accoutumance au Coca-Cola. Les sillons d'une grande souffrance se dessinaient sur son visage. Sa santé mentale était sur le point de céder sous le poids du chagrin. Elle était habitée par une grande amertume.

Et l'anxiété commença à atteindre Matulie !

Voyant qu'elle était engrenée dans les vestiges de cette mélancolie, Matulie a épuisé tous les moyens possibles et imaginables pour exorciser de sa maman cet état d'âme qui la broyait jour après jour. Elle lui offrit des cours du yoga, de méditation. Denise s'y était personnellement rendue une fois au club pour s'inscrire. Elle se trouva une excuse disant que c'était trop cher, elle n'avait pas assez d'argent pour fréquenter un club du yoga. Car d'après elle, la pratique du yoga était un luxe. Matulie lui a proposé de marcher, et qu'elle irait avec elle.

Un samedi matin, elle s'était réveillée de très bonne heure. Elle prit soin de s'habiller d'une façon très décontractée.

— Alors, on pourrait aller au parc de Flushing Meadow qui est non loin de la maison, Maman, lui suggéra Matulie!

— Comme tu le veux, ma Tulie.

— Et aussi, il y a des groupes de Coréens qui très souvent pratiquent le Tai Chi[49] ; on pourra y participer, si cela te plaît bien.

— On va voir. Je ne fais pas de promesse.

---

[49] Série de mouvements harmonieux de souplesse par lesquelles le corps et l'esprit se rencontrent dans un état de concentration élevé.

N'était-ce pas un miracle du bon Dieu ? Denise accepta d'y aller. Néanmoins, c'était de courte durée ! Au bout de quelques semaines elle ne voulut plus être dérangée.

Matulie pratiquait assidûment le yoga. L'observant d'un regard angoissé, avec une certaine ironie, Denise lui dit :

— *Yoga, pa yoga, mouri kan menm* ! disait-elle. (Que l'on fasse du yoga ou non, d'une façon ou d'une autre, la mort est inévitable !)

— Si tu le dis, Maman ! répliqua Matulie. Pourquoi ne lis-tu pas le dernier roman que je t'ai acheté ? suggéra sa fille.

Il n'y avait pas de réponse !

— Oui, Maman ; celui que je t'ai offert pour ton anniversaire. Tu aimes bien cet écrivain haïtien, Dany Laferrière?

Matulie avait l'impression de parler à son ombre.

— Tu avais bien pris plaisir à lire « l'Odeur du café », n'est-ce pas ? C'est du même auteur. Dany Laferrière, c'est lui qui vient de faire paraître « Pays sans chapeau ». Tu l'avais quand même feuilleté, le bouquin. J'ai vu que tu y avais inséré les souches de ton dernier billet d'avion.

Finalement, Denise se fit entendre.

— Qui m'a fauché ma collection de Guy des Cars ?

— Je ne sais pas, Maman. Tu l'avais probablement laissée en Haïti.

— Ah oui, peut-être. Oui, trop de choses à transporter. On devait voyager léger. J'ai dû laisser tous mes livres, mes cahiers de notes... Tout et tout !

Dans une voix assez fébrile, Matulie avait du mal à l'entendre ; et elle ajouta :

— J'ai tout perdu. Il ne me reste plus rien. Je n'ai rien ! Je ne peux rien faire ! Je ne peux plus lire. La lecture pour moi n'est plus un plaisir, mais une corvée !

Matulie, ayant tout compris, a préféré ne pas poursuivre la conversation.

En effet, Denise accordait peu d'intérêt à bouquiner. Tous les livres ont été mis à l'écart. La seule activité à laquelle elle participait, c'étaient les cours bibliques à la « Salle du Royaume de Témoins de Jéhovah, en compagnie de son cousin, Rulx. Cela n'atténuait en rien ses tourments émotionnels.

Et sans avoir le moindre pressentiment, un soir, à son retour d'une session de cours biblique, deux officiers du Département de la Police de New York l'ont ramenée à la maison, à moitié lucide, sa grosse bible sur les bras, pataugeant dans ses chaussures remplies d'urine. Ils l'ont trouvée errant dans le quartier, ne pouvant pas localiser son immeuble. Hélas ! C'était un quartier où Denise avait cheminé toutes les rues pendant plus de vingt ans. Elle ne s'accrochait qu'à sa cigarette qu'elle grillait à longueur de journée. Elle fumait à un point tel, qu'un jour, elle a même failli incendier l'appartement où elle résidait avec sa fille. Par mégarde, elle laissa échapper du bout de ses doigts un mégot, qui glissa entre les coussins d'un fauteuil dont elle eut du mal à retrouver. Elle était en train de se livrer au suicide !

ÉTÉS SANS CHAPEAU

CHAPITRE VIII

A. Vertulie Vincent

L'accident fatal.

« Parce que nous sommes les seuls êtres qui savons que nous devons mourir, nous sommes aussi les seuls qui puissions et voulions donner un sens à notre vie. Tout ce qui importe est cette volonté même. Quand elle sera illusoire, elle n'en aurait pas moins son prix. C'est être digne déjà que de rêver de l'être ». Jean Guéhenno.

Quelques semaines plus tard ...

Denise se trouvait seule à la maison. Elle devrait se rendre à la clinique. Elle attendait l'appel de son cousin Rulx pour l'accompagner. Se sentant fatiguée, elle s'allongea sur le canapé. Tout à coup, le téléphone sonna. Pensant que c'était son cousin, ne voulant donc pas rater l'appel, elle s'empressa d'aller répondre au téléphone. La boîte étant placée sur une petite table de coin, au salon, non loin de la porte d'entrée, elle s'y précipita. En se levant du lit, elle buta ; sauta sur le plancher et se fractura la hanche. Le choc l'a sur-le-champ paralysée. Elle n'a même pas pu ramper pour arriver à temps pour décrocher le récepteur. Ce qui aurait signalé à l'interlocuteur qu'il y avait un problème. Il aurait à l'instant même su qu'elle était en détresse et aurait trouvé un moyen pour lui faire parvenir du secours. Elle était figée, à même le sol. Sans interruption, elle gémissait. Elle passa le reste de la journée sans manger. Elle n'a pu accéder au réfrigérateur ; pas une goutte d'eau pour s'humecter les lèvres. Ce ne fut qu'à son retour de l'école que Greg, son petit-fils la trouva par terre, dans un état pitoyable ; à demi consciente. Quel traumatisme pour le gosse ! Pauvre petit-fils de voir sa grand-mère, « son Amour » comme il l'appelait, étendue de tout son long sur le plancher, impuissante ! Il pensait que c'était fini pour son « Amour ». Qu'elle n'allât plus pouvoir s'en sortir. Il téléphona aussitôt à sa maman à son bureau, en sanglots.

Bien avant que sa maman eût le temps de s'identifier, il entama :

— Mom, Amour...

— Qu'est-ce qu'elle a, Amour ?

— Je l'ai trouvée derrière la porte. Elle est tombée.

— Puis-je lui parler ?

— Non, elle me fait signe que son côté droit lui fait très mal et qu'elle ne peut pas bouger. Amour pleure. Mom, Amour est en train de pleurer...

— Calme-toi, mon chéri.

Matulie s'était rendu compte que son fils bafouillait tant que l'état de son Amour lui faisait de la peine et qu'il pouvait non plus bien expliquer la situation, elle lui dit:

— Bon, reste auprès d'elle. Je rentre à la maison.

Avant le retour précipité de Matulie à la maison, Rulx se présenta. Il avait rendez-vous avec sa cousine. Il devait passer la chercher cet après-midi-là pour l'emmener chez l'ophtalmologiste. Avec beaucoup de désolation, à son arrivée, il a dû à ce stade appeler l'ambulance pour la conduire en urgence à l'hôpital.

Que savons-nous du lendemain ? La matinée était ensoleillée. Une atmosphère assez décontractée régnait ce matin-là. Avant qu'elle sortît de la maison, Matulie avait trouvé sa maman d'une humeur très joviale. Denise nourrissait déjà l'espoir d'un mieux-être puisque ce spécialiste lui avait donné la garantie que sa vue allait s'améliorer à la suite de l'intervention chirurgicale.

Arrivée à l'hôpital, pour un instant, Matulie perdit sa mélanine. Elle ressemblait à un fantôme. Elle était étonnée de voir sa mère toute frêle, couchée dans une civière, se claquant les dents, en train de grelotter sous de minces couvertures. Pour la réconforter, après lui avoir laissé un baiser sur le front, elle lui a pris les deux mains, et pendant un bout de temps les lui a doucement caressées.

Quoi d'autre peut-il arriver ? La vie n'est-elle pas pleine de surprises ? En effet, après avoir parlé au médecin de service, Matulie a su que sa mère avait une rupture de la hanche. Oui. Elle s'était cassé la hanche ! Ce n'était pas la chute qui avait occasionné la fracture ; c'était plutôt la porosité des os qui avait causé une fêlure à la hanche. Ne pouvant supporter son poids, la hanche a cédé et a entraîné sa culbute en se précipitant pour se mettre debout. Partant, il s'agissait du résultat de sa diète alimentaire. Denise n'était pas si forte que ça. Sachant que sa maman était diabétique, Matulie fut prise d'une panique incontrôlable quand le médecin lui a fait savoir qu'il allait devoir l'opérer et remplacer la hanche par une prothèse. Au terme d'une conversation soutenue avec le médecin, il a fini par la rassurer que tout allait bien se passer et que Denise était dans de bonnes mains. De toute façon, il n'y avait pas d'autres choix.

Quelle fin de journée ! En rentrant à la maison, ce soir-là, Matulie fit parvenir la nouvelle à ses autres sœurs. Elles ont constitué une chaîne de prières à la très sainte Vierge Marie en lui demandant d'assister les médecins qui allaient procéder à l'intervention chirurgicale et aussi de protéger leur pauvre mère dans cette période difficile. Denise avait une dévotion spéciale à la sainte Mère de Jésus. Elle lui a fait confiance toute sa vie.

L'opération eut lieu le lendemain. Par l'intervention de la très sainte Mère de Dieu, c'était une démarche réussie. L'exaltation à la sainte Vierge a porté des fruits. Et elle eut de la visite : Matty rentra de la Floride pour visiter sa mère à l'hôpital. À la vue de Matty, Denise s'emballa.

— Matty, que je suis contente de te voir ! Tulie t'en avait prévenue, n'est-ce pas ?

Après avoir embrassé sa mère, tout en lui caressant les cheveux, Matty lui répondit :

— Oui, Maman. Tulie m'avait appelée au téléphone. Je ne pouvais pas venir tout de suite. Bon, tu sais, avec les formalités au bureau, il m'est difficile de me libérer pendant cette période.

— L'essentiel est que tu sois ici maintenant. Je suis si contente de te voir... Regarde-la... Et les enfants, comment se portent-ils ?

— Moi aussi, Maman, je suis contente d'être ici. Tout le monde va bien. Je ne vais pas pouvoir rester trop longtemps parce qu'il se fait tard. J'ai eu de la chance que l'agent de sécurité de l'hôpital m'ait accordé cette visite à une heure si avancée. J'ai dû le supplier, lui expliquer que je viens directement de la Floride pour visiter ma mère et que je repars ce soir même. Tu sais, j'ai dû exagérer un peu, en ajoutant un petit mensonge, pour qu'il me permette d'entrer.

Après une quinzaine de minutes passées au chevet de sa maman, Matty l'embrassa pour lui souhaiter de passer une bonne nuit. Et Denise, d'une voix affectionnée lui dit :

— Déjà l'heure de partir. Je te verrai demain, Matty.

— Peut-être avant mon départ, j'essayerai de revenir. Je ne peux pas m'absenter du bureau ces jours-ci. Je dois m'y rendre très tôt lundi. Il y a une conférence à laquelle je dois présenter un projet. Cela a été prévu depuis des mois. Je reviendrai après la bousculade au bureau. Je te le promets.

— Je te remercie, Matty. Je t'attendrai demain.

Matty, accompagnée de Matulie, a en effet brièvement visité sa mère le lendemain, et elle retourna en Floride le même jour.

Au bout de quelques jours passés à l'hôpital, et après avoir examiné le dossier de Denise, les médecins ont décidé de la faire transporter dans une maison de réhabilitation afin de poursuivre une thérapie.

Entre-temps, son petit-fils n'a visité son « Amour » qu'une seule fois. Il disait qu'il avait le cœur en lambeau de voir sa grand-mère dans cet état. Cette personne immobile, couchée dans ce lit d'hôpital n'était pour lui qu'une étrangère. Il s'est senti abandonné. Quand on est sur le point de perdre l'affection d'un parent, on essaie d'établir un bloc entre la réalité et l'inévitable. Dans la plupart des cas, on fait en vain des efforts pour ne se rappeler que les moments d'émerveillements. C'est un bien éclipsé sans retour. Le cœur ne se gouverne pas comme l'esprit ; on ne lui commande rien, c'est plutôt lui qui nous commande. Greg aurait préféré garder l'image de son « Amour » pleine de vigueur ; l'image de celle qui le dorlotait, le cajolait, le gâtait ; celle qui l'accompagnait chaque jour à l'école, à ses entraînements de basket-ball ; à ses leçons de piano et à ses sessions de pratique du karaté ; et avec qui il a passé le plus clair de son temps à jouer et à bavarder pendant la plus grande partie de son enfance.

A. Vertulie Vincent

La maison de réhabilitation.

Au moment où Denise s'était cassé la hanche, Matulie habitait encore à Flushing, dans le comté de Queens, à New York. Par bonheur pour l'affectueuse Matulie, la maison de réhabilitation se trouvait non loin de sa demeure; ce qui lui rendit un service énorme pour les visites. De ce fait, il lui était convenable d'aller voir quotidiennement sa maman après le travail. Cela lui permettait aussi de passer un temps assez prolongé avec elle, surtout en fin de semaine. Elle s'y mettait consciencieusement !

Bien que cette maison de séjour offrît une certaine latitude aux visiteurs, selon ses règlements, Denise ne pouvait y rester que pour un temps limité. Ce qui déplaisait énormément à Matulie. Elle se plaignait du fait que l'espace vital ne serait pas assez sécurisé pour faciliter les déplacements de sa maman avec une canne à roulettes. De plus, sa demeure n'était pas assez spacieuse pour installer une aide-soignante infirmière qui devrait prendre soin d'elle au courant de la journée en son absence.

Voulant accommoder sa mère, Matulie a vite réfléchi sur les possibilités de s'acheter une maison. Elle voulait tellement que sa maman soit confortable. Comme on peut apprendre de ce proverbe de la sagesse perse qui dit : « si vous sautez dans un puits, la providence n'est pas obligée d'aller vous y chercher », elle a dû, à un moment donné, renoncer à ce projet. Elle qui avait tellement voulu s'établir dans le comté de Nassau pour attendre le retour de sa maman ! Elle a consulté plusieurs agences immobilières ; elle a passé près de six mois à marchander des propriétés ; malheureusement, elle n'a jamais pu trouver une maison qui, d'après elle, conviendrait à ses besoins. Et cela n'a été qu'un début sans sortie.

Quelques mois plus tard ...

En plein milieu de la semaine, la maison de réhabilitation convoqua Matulie pour l'informer que le séjour de sa maman approchait à sa fin. Elle allait devoir la prendre chez elle ou bien lui trouver une autre maison qui l'accepterait à long terme. Quelle désolation ! Matulie s'est mise à réfléchir. Devrait-elle livrer sa maman à une maison de retraite ? Comment sa mère prendrait-elle cette décision ? Est-ce que ses sœurs vont accepter ? Il fallait prendre une décision. Après maintes réflexions, une décision a été prise. Denise sera transférée dans une maison de retraite. C'était la décision finale. Avec l'aide de son amie Rachèle, Matulie, en un rien de temps, a pu relocaliser sa mère. Rachèle a toujours été une guide pour elle. C'était elle qui très souvent, après leur session du yoga du samedi au Dahn Center, l'accompagnait lors des visites. C'était à elle aussi que Matulie fit part de ses impasses au sujet de quelques conflits qui existaient entre Denise et la maison de réhabilitation. Elle avait au moins une confidente. Et elle s'en est enorgueillie.

La maison de retraite

Matulie a été précautionneuse. Elle n'a pas hésité, le jour de l'installation de Denise, à prendre le soin de communiquer à l'assistante sociale son projet d'acquérir une maison dans un délai assez bref. Elle voulait s'assurer que c'était entendu que sa maman n'était que de passage à la maison de retraite et qu'elle la reprendrait chez elle dès qu'elle en aurait conclu l'achat. Entre-temps, elle avait pris le temps d'en informer les membres de la famille ainsi que tous les amis à propos du transfert de Denise de la maison de réhabilitation à la maison de retraite. Elle voulait s'assurer qu'il y aurait au moins quelqu'un de présent tous les jours et que ce sentiment d'abandon ne revint plus la hanter. En effet, pour faire suite à cette clarification, sa belle-sœur, Marlène, l'épouse de son frère aîné ; son cousin Rulx ; ses amies proches, Lourdes et son conjoint, Michel ; ainsi qu'Odile ; tous lui rendaient visite de façon régulière.

Matulie, elle aussi, tout comme les autres membres de la famille, se faisait le devoir de rendre visite systématiquement à sa maman. Comme elle travaillait le jour, en fin d'après-midi, avant d'entrer chez elle, elle passait un peu de temps, au moins trois à cinq fois au cours de la semaine. Tous les dimanches, religieusement, après avoir préparé le dîner, et achevé d'autres travaux domestiques, sa fille adoptive et elle, toutes les deux partaient pour la maison de retraite. Dans une atmosphère plutôt joviale, elles passaient tout l'après-midi avec Denise. Elles prenaient soin de lui apporter de la nourriture-maison. C'était ainsi une façon pour Denise de goûter et de participer au repas du dimanche de la famille. Et elle prenait un réel plaisir à déguster ces parties du poulet qu'elle aimait bien et que les autres en général dédaignaient, comme le sot-l'y-laisse et le croupion ! Elle appréciait aussi le mélange de jus de fruits naturels que Matulie mettait tout son amour à lui préparer. Les visites du dimanche étaient toujours des moments de fête. Bien que Denise et le peigne ne fussent pas très bons ménages, Matulie adorait coiffer sa maman. C'était sa première activité dès son arrivée à la maison de retraite. Tout en chantant au son de la musique de Charles Aznavour, du Jazz des Jeunes, de Mireille Mathieu ou de Dalida, Matulie la coiffait et la pouponnait. À la fin des chants, c'étaient des déclamations.

Un après-midi, sur son chemin de retour du bureau, Matulie s'est arrêtée à la maison de retraite pour passer un petit moment avec sa maman. Elle la trouva couchée, recroquevillée sur elle-même comme un fœtus dans le sein de sa mère. Matulie lui a posé la paume de la main sur le front. Elle était comme sur un brasier et n'a même pas bronché. Dans une caresse infantile, Matulie lui a enfoui les doigts dans les cheveux en lui effleurant le visage du revers de sa main. Denise ne réagissait pas. Matulie n'abandon-nait pas non plus. Un moment inattendu, à demi-ensommeillée ses yeux alourdis faisaient semblant de s'entrouvrir. Quelques balbutiements, suivis de petits cris lourds de douleur, elle s'exclama :

— La tête... un marteau... dans la tête !... La bouche !... Le visage !... Partout... j'ai mal partout !... Aïe... aïe... aïe... ! »

— Laisse voir ta bouche, Maman... Laisse-moi voir, ce qui ne va pas?

Denise n'a laissé entendre que des plaintes.

— Essaie d'ouvrir un petit peu la bouche, Maman pour que je puisse voir ce qui ne va pas.

— Ouille, ouïe, ça fait mal, Tulie. Je meurs de douleur. Je n'ai pas mangé depuis hier.

— Je le sais, mais ouvre un petit peu, vas-y, répète après moi, Ahh.

Matulie l'a finalement aidée à écarter les mâchoires, en les lui tenant par les deux mains pour voir ce qui n'allait pas. Elle a trouvé ses gencives en feu. Les infirmières ne lui ont pas enlevé le dentier et la partie accolée à son palais lui a causé une infection. Sous des lamentations et des pleurs, en faisant usage de toute sa souplesse, Matulie a enfin réussi à le lui enlever. Et comme l'a illustré Léon Trotski, « de tous les événements inattendus, le plus inattendu c'est la vieillesse », Denise ne l'a sûrement pas vu venir. Et, Matulie de chuchoter :

« Ces irresponsables de brutes de la maison de retraite, en guise d'essayer de lui enlever le dentier ou de la faire voir par un dentiste, ont préféré la droguer pour calmer ses douleurs et aussi pour avoir leur paix ».

Matulie est tout de suite allée rapporter cet incident auprès de l'infirmière de service. Cette dernière, au lieu d'inculper la faute de ses collègues et de les tenir comptables de leur laisser-aller, a plutôt osé réprimander Matulie en lui disant qu'elle aurait dû l'en informer avant de prendre le risque d'enlever le dentier elle-même. Bref ! Fallait-il bien qu'elle défende ses collaborateurs.

Matulie s'était assurée que sa maman allait recevoir les soins nécessaires auprès d'un dentiste dès le lendemain. Elle a aussi aidé sa mère à prendre son dîner puis elle était partie le cœur très ému.

Après une longue période d'attente, Matulie allait définitivement acquérir sa maison. La fermeture était prévue pour le mois d'octobre de l'année 2001. Elle avait enfin trouvé un chalet à Valley Stream, Long Island, dans le comté de Nassau. C'était une maison de quatre chambres à coucher ; ce qui conviendrait parfaitement à sa famille. Par une heureuse coïncidence, il y avait une chaise électrique pour gravir les escaliers. Les précédents propriétaires l'avaient assurément laissée par mégarde. C'était tout un cadeau ! Tout ce dont Denise avait besoin, vu ses limitations à la suite de ce terrible accident.

Le jour était arrivé. Après qu'elle s'installa dans la nouvelle maison, Matulie était toute ravie de partager la nouvelle avec sa maman, lui promettant qu'elle allait bientôt pouvoir retourner dans la tranquillité de son chez-soi. Denise, d'un sourire satisfaisant, acquiesça et embrassa sa fille.

— Merci, Tulie. Quand penses-tu pouvoir venir me chercher ? Qui va m'aider à emballer mes effets ? J'aimerais bien que ce soit toi qui viennes. Tu sais Lourdes et Michel m'avaient donné de l'argent la dernière fois qu'ils m'ont rendu visite, je l'avais mis dans ma bourse. L'autre jour, j'ai regardé dans mon sac à main et je ne l'ai pas retrouvé.

— Peut-être que tu l'as laissé tomber quelque part.

— Peut-être.... Quelquefois, ils m'habillent avec des vêtements des autres patients.

— Non, Maman, c'est Lourdes qui avait apporté de nouveaux vêtements pour toi. Tante Marlène avait pris soin de tout ranger pour toi la dernière fois qu'elle était venue te voir.

— De toutes les façons, j'aimerais que tu sois ici pour faire mes bagages. Quand est-ce que tu viens me chercher ?

— Si, si, j'y serai, Maman. Dès que j'aurai rencontré l'administratrice, je te ferai savoir. J'ai rendez-vous avec elle demain.

— Penses-tu que ces brutes vont me laisser partir si vite, Tulie ?

— On va voir. Je vais prier pour qu'on ne rencontre aucun obstacle.

Sur ce, Matulie embrassa sa mère et quitta la maison de retraite.

La sortie de Denise a bien provoqué un certain carambolage. Quand Matulie fit part de sa décision de reprendre sa maman avec elle, pour un moment, le bureau d'administration de la maison de retraite était devenu un aréna où se discutait un match de boxe. Les responsables avaient tout essayé pour garder Denise au Centre. Ils avaient mis sur table toute sorte de dialectique pour l'en empêcher. Ils argumentaient que Denise n'était pas éligible à recevoir les soins d'une infirmière chez elle au-delà de huit heures par jour. Vu que Matulie passait plus de douze heures en dehors de sa maison, du coup, le problème de son exeat se posa. Denise n'allait nulle part. Matulie s'inquiétait. Elle devrait reconsidérer un scénario adéquat.

Sous peu, elle consulta un professionnel. Elle se confia au docteur Marchant, un confrère d'Elise, la fille aînée de Denise. Elle lui expliqua les problèmes qu'elle devait faire face concernant le départ de sa maman de la maison de retraite. Le docteur Marchant lui a suggéré de reprendre sa maman sans conditions ; même sans les soins médicaux à domicile. Il lui a promis d'emmener deux de ses amies infirmières, elles étaient deux sœurs, pour s'occuper d'elle à la maison, à l'attente d'une solution. S'ajouta dans la mêlée un autre confrère ; le docteur Leroux qui s'y était personnellement rendu pour tenter de faire une évaluation de la santé de Denise pour faciliter sa sortie. L'administration refusa absolument au médecin l'accès à son dossier.

Après plusieurs mois de négociations, une résolution a été accomplie. La maison de retraite finit par accepter de laisser partir Denise ; naturellement, elle n'a pas eu le bénéfice des visites des infirmières. Matulie, toute réjouie des résultats de ce combat interminable, est allée chercher sa précieuse maman dans l'après-midi du 4 avril 2003. Le 4 avril n'était pas un jour comme les autres. C'était le jour de son anniversaire de naissance. Bien que la joie de quitter la maison de retraite illuminât le visage de la courageuse Denise, elle ne manqua pas l'occasion de lancer quelques mots de sympathie au personnel :

« Vous savez, vous allez me manquer ; ne vous en faites pas, je souhaite un jour revenir vous visiter ».

Ce fut un exploit ahurissant ! Manifestant cet état de joie, tout au long du chemin, Denise n'a pu s'empêcher de garder un sourire éclatant. C'était un sourire qui reflétait la quiétude, l'assouvissement, la félicité. Arrivée chez elle, Matulie a pu palper la satisfaction éprouvée par Denise en s'approchant du seuil de l'immeuble. C'était la première fois qu'elle voyait la maison de Matulie. Sur le pas de la porte, elle a murmuré à sa fille des mots affectueux :

« Le décor de ton petit chalet est très accueillant, Tulie, je suis contente pour toi et je t'en félicite ».

Toute une préparation a été mise en place en l'attente de Denise. Matulie n'avait rien négligé. Sachant que sa maman aimait les fleurs, elle avait soigneusement posé un bouquet de roses rouges agréablement rangées dans un vase sur une petite table de coin à l'entrée de la salle à manger. Elle avait regagné ses qualités de fins gourmets. Avant d'aller reprendre sa maman de la maison de retraite, elle avait pris soin de lui préparer un repas particulier : un court-bouillon de rouget, son poisson préféré, avec du maïs moulu et des crudités. Elle voulait être sûre que dès son arrivée sa mère trouverait de quoi manger. Au désenchantement de Matulie, malheureusement, sa mère avait à peine touché à la nourriture. Elle voulait regagner sa chambre ; car elle se sentait fatiguée. Un peu plus tard, comme promis par le docteur Marchant, une infirmière arriva. Elle vérifia le taux de glucose et la tension de Denise. Elle lui a également administré ses ordonnances. Après avoir couché la malade, l'infirmière était partie. Et Matulie prit la relève !

D'un geste inconcevable, Matulie sollicita des vacances précipitées pour assister sa mère. Elle voulait qu'elle soit toujours accompagnée en instance des arrangements définitifs. Durant ces quelques jours, elle se leva très tôt le matin. Et le lendemain, sans tenir compte de son manque de sommeil et de son état de délabrement, elle continuait à se soucier de la santé de sa mère. Elle était tellement préoccupée d'ailleurs, qu'elle n'avait pas vraiment le temps de penser à son être. Elle voulait que sa maman soit prête avant l'arrivée de l'infirmière. Matulie était responsable de son hygiène.

Il y avait des moments plus ardus que d'autres. Pour la faire passer à la salle de bains, Matulie la soulevait pratiquement pour l'aider à s'asseoir sur une chaise spéciale placée dans la baignoire pour faciliter son nettoyage. Pendant que Matulie essayait de lui laver les cheveux et de lui donner son bain, Denise n'arrêtait pas de se tourmenter ; elle se plaignait de douleurs. Elle hurlait parce qu'elle ne pouvait pas rester assise ; « Matulie, tu me fais mal », disait-elle. Et elle gémissait. À un moment donné, Matulie, ne pouvant voir les larmes couler sur son visage en même temps qu'elle lui versait de l'eau sur la tête, pensait que sa maman jouait à la fainéante. La pauvre ! Après l'avoir ramenée dans la chambre pour la sécher, la rhabiller et sécher ses cheveux à la brosse électrique, c'était alors qu'elle a pu remarquer que Denise était toujours en train de pleurer. Devant les larmes de sa maman, Matulie se sentit soudainement emparée d'une grande tristesse.

Elle fut aussitôt plongée dans une profonde réflexion. Elle murmura :

« Mon Dieu ! Celle qui un temps représentait pour moi la fermeté, le courage, l'intelligence, et même le stoïcisme… se trouve maintenant, devant moi, le visage baigné de larmes affichant une vulnérabilité indescriptible et incapable d'accomplir la tâche la plus élémentaire ».

On a toujours su ce proverbe qui dit « après la pluie, c'est le beau temps ». N'a-t-on pas toujours ignoré l'autre qui dit le contraire : « après la pluie, c'est le torrent ! »

En ce matin-là, l'infirmière du jour arriva à neuf heures. Après avoir analysé le dossier d'exeat de Denise, à la grande stupéfaction de Matulie, elle lui a appris que sa maman souffrait d'insuffisance rénale. Elle ne s'y attendait pas. Ce fut un coup très dur pour elle. Les responsables de la maison de retraite ont dû omettre cette information. Ils ne lui ont jamais révélé la dégradation de l'état de santé de sa maman. Ne pouvant plus endurer cette souffrance, Matulie appela l'ambulance. Denise a dû être aussitôt transportée en urgence à l'hôpital.

Le bref séjour à l'hôpital.

Avec l'aide du docteur Marchant, dès son arrivée à l'hôpital, Denise fut examinée par les médecins de service. En un rien de temps, les prélèvements de sang ont été exécutés, le sérum a été appliqué. Jusqu'au soir, Matulie et le bon docteur étaient restés à son chevet. Les heures de visite arrivèrent à leurs fins ; ils devaient quitter l'hôpital. Matulie ainsi que le docteur ont chacun doucement effleuré un baiser sur le front de Denise. Dans son assoupissement, elle a entrouvert les yeux comme pour acquiescer à ces gestes de tendresse ; et Matulie était partie en compagnie du docteur Marchant.

Très tôt, le lendemain, Matulie s'est à nouveau rendue à l'hôpital. Ce ne fut que vers la fin de la journée qu'elle a eu l'occasion de s'entretenir avec le médecin de service sur la gravité de l'état de santé de sa maman. Le médecin lui a fait savoir que Denise allait a *priori* devoir recevoir des sessions de dialyse et éventuellement subir une intervention chirurgicale pour enlever le rein gauche qui ne fonctionnait plus. Matulie était déconcertée par cette nouvelle. Elle voulait une période de réflexion et aussi faire parvenir la nouvelle aux autres enfants. Dans des circonstances pareilles, les facultés du cœur l'emportent sur celles de l'esprit. Elle a pendant un instant pensé qu'elle pouvait elle-même vivre avec un seul rein et offrir un des siens à sa maman, si cela pouvait la garder encore en vie, même pour un petit peu de temps. Elle se posait toutes sortes de questions : qui sait, s'il y aurait compatibilité ; est-ce que le corps de Maman n'aurait pas une réaction négative à l'implantation ; etc. ? Par ailleurs, ce nouveau rein ne serait-il pas également tantôt érodé à cause de sa condition diabétique ? Enfin, les méninges étaient comme un volcan en ébullition.

Quelques jours se sont écoulés avant de recevoir le consentement des autres enfants. Matulie a fait part de leur assentiment au médecin. L'opération fut donc fixée pour le vendredi 11 avril. Tout au cours de la journée du 10 avril, Matulie était restée au chevet de sa maman à l'hôpital. C'était comme si Denise avait eu une prémonition. Elle paraissait immensément attristée ce jour-là. Elle a, pendant toute la durée, gardé le silence. Matulie voulut l'aider à manger, mais Denise a retenu les dents bien serrées et a furieusement refusé la nourriture. Elle dégageait une vive anxiété. Pour la calmer, Matulie a dû s'abstenir de la forcer à manger et a, par contre, essayé de la distraire en commençant à déclamer tout bas dans l'intimité de la chambre d'hôpital le poème « La nuit de mai » de son poète préféré, Alfred de Musset. Denise semblait reprendre son calme et a aussitôt rejoint Matulie dans la déclamation. Matulie n'avait, à aucun moment de la durée, anticipé que ce serait leur dernier moment poétique ensemble ! Denise avait intégralement récité toutes les strophes du poème, et arrivée au dernier quintile, elle a, en trois fois, répété avec une lenteur si affectée et une émotion si intense les deux premiers vers, que son message incisât douloureusement le cœur de sa fille.

« Ô Muse Spectre insatiable
Ne m'en demande pas si long
L'homme n'écrit rien sur le sable
À l'heure où passe l'aquilon.

Matulie était restée là... silencieuse ... assise à côté de sa maman ... tout en lui caressant les cheveux et en l'écoutant terminer avec les derniers vers du poème. Le cœur en émoi... pour lui cacher sa peine, sur le front de sa maman, tendrement elle effleura un baiser et disparut dans les boudoirs pour donner libre cours à ses larmes.

C'était la dernière fois que Matulie entendit la voix de sa maman !

Vers la soirée, Matty et ses enfants arrivèrent directement de la Floride pour visiter leur maman et grand-maman. Ce qui a intensément plu à Denise. Ses petits yeux étincelèrent de joie comme ceux d'un enfant tant qu'elle fut ravie de voir sa petite Matty et ses enfants. Dans une effusion de joie, elle lui cria :

— Oh ! Matty, je suis si contente de te voir... ! Les enfants aussi... Je savais que tu allais rentrer... Je savais que tu allais venir me voir... Je le savais... Je le savais...

Dans un geste de prière, comme pour remercier Dieu, en se joignant les mains contre sa poitrine, tout en sanglotant elle ne cessa de se répéter … Comme si elle avait le pressentiment que c'était la dernière fois qu'elle allait revoir sa petite Matty.

Étant donné qu'il se faisait tard, Matty et les enfants n'ont pas pu rester longtemps à l'hôpital. Au terme d'une brève conversation, ils ont dû partir.

L'intervention chirurgicale a eu lieu au courant de l'après-midi du vendredi.

Dans la soirée, Matulie s'est rendue à l'hôpital. Sa maman se trouvait encore à la salle de recouvrement. On n'attendait que l'approbation du médecin pour la transférer dans sa chambre. Matulie fut accompagnée du docteur Marchant. Ils étaient en route pour aller visiter une amie consœur du docteur qui venait de perdre son conjoint, aussi médecin, suite d'une longue maladie que le regretté avait courageusement supportée. Le transfert de Denise de la salle de recouvrement à la chambre a eu lieu en leur présence. Avant de la laisser, le docteur Marchant, voulant se rassurer que tout allait bien, s'est penché contre le lit et a pris Denise dans ses bras en essayant de la soulever. Matulie redoutait qu'il n'y eût une réaction de sa part. Denise semblait encore endormie. Après un laps de temps passé dans la chambre sans que Denise se fût réveillée, ils ont dû partir pour se rendre chez l'amie veuve avant que l'heure ne fût trop avancée dans la nuit. Le docteur Marchant repérant le médecin de service, son ami, qui se trouvait près de la station des infirmières, lui a signalé d'aller vérifier Denise dans sa chambre. Et ils étaient partis.

En laissant l'hôpital, le docteur Marchant a pris soin de communiquer ses coordonnées à la réception. Chemin faisant, il régnait un silence de marbre dans la voiture. Un instant après leur arrivée chez la jeune veuve, docteur Marchant reçut un appel de son téléphone portable. C'était le cardiologue qui avait assisté à l'intervention chirurgicale qui était au bout du fil. Le docteur passa le téléphone à Matulie. Cette dernière s'est éloignée des autres pour un peu de discrétion. Tout à coup, elle commença à trembloter d'émotion, ses jambes ont failli. Elle s'est effondrée et tomba sur ses genoux.

Le docteur Marchant, qui de loin observait Matulie, avait déjà compris que quelque chose n'y allait pas. Il l'a immédiatement rejointe et tout en soutenant Matulie par le bras, l'a ramenée près d'un fauteuil pour la faire s'asseoir. Les nouvelles n'étaient pas bonnes. Le médecin venait d'annoncer que le cœur de Denise ne pouvant supporter les effets de l'opération avait cédé. Elle a subi un arrêt cardiaque et les médecins ont dû la ressusciter. Matulie était restée sidérée toujours le téléphone en main sans pouvoir faire sortir un mot de sa bouche. Les sanglots lui nouaient la gorge. Tout à coup, elle sentit comme si une partie de ses entrailles s'arrachait. Elle avait mal partout. C'était comme une tranchée. Les lèvres desséchées. Elle était devenue livide.

Après avoir rassemblé ses esprits, le docteur Marchant lui a offert de l'accompagner à l'hôpital pour s'enquérir sur la condition exacte de sa maman. Sur le chemin de l'hôpital, se souvenant d'un songe concernant sa maman dont Matulie lui avait fait part quelques semaines auparavant, le docteur Marchant rompit le silence :

— Matulie, rappelle-moi encore des détails du rêve que tu avais eu récemment concernant ta maman.

Et, dans une voix larmoyante, Matulie lui fit le compte de ce cauchemar.

— Ah oui, ce rêve ! En effet, j'avais vu en songe une voiture de famille de couleur noire stationnée dans une position perpendiculaire devant chez moi... L'arrière donnait précisément en face de la porte de sortie et... j'ai vu Maman monter dans la voiture par la portière arrière.

— Hum ! Je vois. Rêve étrange ! Très étrange !

Matulie a eu ce rêve quelques jours avant l'anniversaire de naissance de sa maman, le 4 avril. Elle pressentait d'ores et déjà le caractère prémonitoire de cette vision lugubre. Pensant que sa maman allait mourir dans la maison de retraite où elle se trouvait, elle s'est précipitée à contacter le docteur Marchant pour l'aider à trouver un endroit moins hostile pour sa maman dans l'espoir que le transfert aurait chassé l'ombre de la mort qui planait sur elle.

Les employés de cette maison de retraite étaient négligents. Ils ne se souciaient guère de la vie de leurs patients. En plus de droguer Denise avec des analgésiques, Matulie se souvenait que, chaque fois, elle visitait sa maman, invariablement, elle se plaignait et lui disait : « Tulie, j'ai toujours soif, on ne me donne pas d'eau à boire » —le soin le plus élémentaire—. Et Denise de continuer tout en étirant la peau du revers de sa main pour ajouter: « Regarde ma peau comme elle est desséchée ! Je me sens constamment déshydratée ». Matulie devait, elle-même, aller chercher de l'eau pour sa maman.

Arrivés à l'hôpital, Matulie et le docteur Marchant ont trouvé Denise dans la salle d'urgence. Pour essayer de contrecarrer son état de défaillance multisystémique, les médecins ont dû procéder à une trachéotomie et ont fait adapter Denise à toutes sortes de tubes et de machines de soutien. À la vue de sa maman, Matulie fondit en sanglots. En fait, le tableau était désolant ! Elle ne pouvait pas la regarder. Elle ressentait encore la sensation de s'engouffrer dans l'abîme. Sentant qu'elle allait s'évanouir, elle a dû laisser la salle d'urgence. Après avoir geint pendant un bon quart d'heure dans la salle d'attente, elle s'est un peu remise et était retournée auprès de sa maman. En la présence du docteur Marchant, une déchirante conversation s'est déroulée entre elle et le médecin. Et elle était finalement arrivée à appréhender que sa maman s'en allait vers la fin.

Tant qu'elle fut saccagée par la vue de sa Denise et ne pouvant fermer l'œil, au cours de la nuit, Matulie reproduit sur un morceau de papier l'image de sa maman qu'elle avait captée à la salle d'urgence...

À son retour chez elle, cette nuit même, Matulie avisa ses sœurs par téléphone de la gravité de la situation. Malgré son épuisement physique et émotionnel, elle n'a pu s'endormir. Elle aurait voulu bien s'évaporer avec les nuages d'une cigarette tout en se noyant dans un verre de vin pour se délivrer de cette image déplorable de sa maman couchée sur le lit d'hôpital. Mais blottie dans son lit, sa tête enfouie entre ses oreillers et sa vieille couverture de sécurité d'un bleu céleste pressée contre sa poitrine, elle se berçait tout en fredonnant des airs improvisés, pour essayer de se laisser emporter par le sommeil. Par moments, elle se frottait les plantes des pieds pour atténuer sa peine. Malgré tout, elle était restée là, pendant toute la nuit, à ruminer sur le sort de sa maman. Fallait-il la garder sur les machines de support ? Et jusques à quand ? Arrivera-t-elle à s'en sortir ? Et même si elle s'en sortait, quels seraient les dommages causés par l'arrêt cardiaque ? Et cela n'en finissait pas. Des images houleuses ne s'arrêtaient pas de défiler dans ses pensées comme dans un film d'horreur. La nuit paraissait interminable. La décision à prendre ne dépendait pas seulement d'elle !

Le lendemain, Matty, la benjamine qui habitait la Floride, était arrivée ; et le surlendemain, Élise, l'aînée était rentrée d'Haïti. Élise étant médecin, à qui Matulie avait fait un rapport de la situation par téléphone, avait déjà saisi le panorama de l'état de santé de sa maman.

La semaine sainte arrivait à sa fin. Encore un nouveau jour. C'était déjà le Vendredi saint. Le jour de la Passion du Christ ! Ensemble, les trois sœurs se sont rendues à l'hôpital. Toujours à la salle d'urgence, l'état de santé de leur maman déclinait jour après jour. Élise avait l'air tout à fait décomposée à la vue du corps inconscient de sa mère, attachée à une variété de tubes et de machines. Bien qu'averti de la situation, depuis son admission à la salle d'urgence, c'était la première fois qu'Élise constatait *de visu* le spectacle macabre de cet environnement. Elle n'était pas en face d'un patient ; c'était **sa petite maman chérie** qu'elle observait, agonisante. Elle a dû quitter la salle pour aller récupérer dans une chambre d'à côté. Après qu'elle se fut remise, elle a rejoint Matulie et Matty encore debout au chevet de leur mère. Prévoyant que Denise était déjà arrivée à un point de non-retour, elles ont, toutes les trois, passé la journée auprès du lit de leur maman, en train de méditer tout en pleurant sur les mystères douloureux du rosaire.

Il fallait prendre une décision. Et il fallait agir vite. La regarder souffrir de cette façon était devenu insupportable.

Je l'ai déjà bue, la coupe… jusqu'à la lie…

C'était donc gratuit de la laisser dans l'agonie. Il fallait une lettre signée par tous les enfants donnant à l'hôpital l'autorisation de la déconnecter des machines de soutien. Le soin de rédiger la lettre fut confié à Matty. Et le samedi précédent le jour de

191

Pâques, le 20 avril, la lettre a été remise à l'administration de l'hôpital.

Le jour de Pâques ! Jour d'allégresse ! Le jour de la célébration de la résurrection de Notre Sauveur Jésus-Christ ! Après avoir assisté à la messe solennelle, malgré leur état de grande fatigue, Élise, Matulie et Matty se sont à nouveau rendues à l'hôpital pour être auprès de leur maman. En guise d'une journée d'exultation, pour les enfants de Denise, le dimanche de Pâques fut une journée de douleur au cours de laquelle elles continuaient ensemble de gravir le calvaire en vivant l'agonie de leur mère. Elles y étaient restées jusqu'au soir et ont passé tout le temps au chevet de leur maman en train de prier pour elle, de la caresser et de verser de chaudes larmes qui ne s'arrêtaient point de couler.

Le lundi suivant les fêtes de Pâques, en dépit de leur état de torpeur et leur visage ravaudé, Matulie a repris le travail et Matty était retournée en Floride pour reprendre son boulot. Les jours qui suivaient, Élise continuait à effectuer ses visites journalières pour réconforter sa maman et lui tenir compagnie. Dans l'après-midi du jeudi 24 avril, alors qu'elle était au bureau, Matulie reçut un appel du docteur Leroux, un confrère d'Élise, et aussi médecin attaché à l'hôpital où Denise était internée. Le docteur Leroux lui a informé que sa maman a été transférée au service des hospices. La volonté de voir la récupération de sa maman a momentanément embrouillé les facultés de discernement de Matulie. Elle n'a pas sur-le-champ conçu que cette résidence pour personnes âgées serait la dernière station de sa maman. Une lueur d'espoir soudainement illumina son esprit. À la suite d'une longue conversation avec le docteur Leroux qui en prenant congé d'elle lui souhaita du courage, alors la trace de l'espoir s'est d'un trait dissipée. Et la dure réalité la frappa de nouveau, cette fois-ci, avec beaucoup plus de brutalité ! Sa maman était en train de s'éteindre !

Pendant toute la semaine qui suivait, Élise a poursuivi, sans relâche, avec ses visites journalières aux hospices pour être près de sa maman et aussi prier avec elle.

A. Vertulie Vincent

La soirée néfaste.

« À la perte de ceux qu'on aime, c'est moins leur vie qui nous échappe que leur mort qui nous envahit ».
Jean Rostand

Le 29ᵉ jour du mois d'avril, qui fut un mardi —un des jours de la semaine où généralement Matulie rentre le plus tard à la maison—, aux environs de 22 heures, elle avait à peine déposé son sac à main quand le téléphone sonna. Elle était continuellement sur le qui-vive à chaque fois que le son du téléphone retentissait. Elle s'attendait à tout moment à recevoir une mauvaise nouvelle. Matulie s'est tout de suite précipitée sur le récepteur. C'était Philippe, un autre confrère d'Élise et aussi l'époux de leur cousine Anabel.

Tout en essayant de déguiser son inquiétude, avec une voix très affaiblie, Matulie répondit au téléphone :

— Bonsoir, Matulie écoute.

— Bonsoir, Matulie, c'est Philippe à l'appareil. Comment cela va-t-il ?

— Bonsoir, Philippe ; on essaie de tenir le coup, et pour toi.

— En fait, actuellement, Anabel et moi sommes à l'hôpital avec ta mère. Tu sais… j'aurais aimé que tu viennes… maintenant… à l'hôpital … Euh, parce que… franchement, je n'aime pas la façon dont je l'ai trouvée. Elle m'a l'air vraiment pâle.

— Mais, qu'est-ce qui ne va pas ? Élise a passé toute la journée avec elle. Elle paraissait pourtant bien. Élise vient juste de rentrer de l'hôpital. Qu'est-ce qui ne va pas ? Qu'est-ce qui a pu lui arriver entre-temps ?

— Je ne peux vraiment rien t'affirmer, mais j'aurais réellement aimé que tu viennes à l'instant même. Nous allons t'attendre, Anabel et moi. S'il te plaît, dépêche-toi.

— Pourrais-tu me donner vingt minutes, s'il te plaît ? et j'y serai.

Sur l'insistance de Philippe, Matulie prit en effet, sans plus s'attarder, la route de l'hôpital. Redoutant ce qui l'attendait, elle était toute crispée tout au cours du chemin. En arrivant là-bas, Philippe et Anabel l'ont fortement embrassée. Et Philippe, à voix basse, lui dit : « va donc parler à ta maman ». Soudain, un frisson envahit son corps. Matulie a, à l'instant même, deviné que sa maman avait déjà rendu son dernier souffle. Après avoir respiré à pleins poumons, elle prit son courage à deux mains. À pas feutrés, elle pénétra dans la chambre où, tiède encore, se trouvait, le corps inerte de sa maman.

Matulie lui a doucement effleuré un baiser sur le front. En la prenant par les deux mains tout en les caressant, la gorge serrée d'émotion, dans la pénombre de la chambre, elle communiait avec sa maman :

— Denise... tu me laisses... Je ne vais vraiment plus voir ton visage... regarder ton sourire, tes fossettes... te caresser les cheveux... Je ne vais vraiment plus entendre ta voix... tes soupirs... tes râles au cours de la nuit, après une journée décevante... tout cela va me manquer, Denise...

Un torrent de larmes inonda son visage. Au bout d'un moment de pose... Tout en sanglotant, Matulie poursuivit :

— Mais je sais que tu seras toujours à mes côtés. Que tu ne vas pas me lâcher... Que tu vas continuer à m'aider à prendre soin de ton petit-fils... Ce petit-fils pour qui tu es « Amour », et qui pour toi est « comme un cadeau donné de Dieu »... Que tu vas continuer à implorer l'Esprit Saint, comme tu l'avais toujours fait, chaque matin, depuis notre enfance, pour qu'Il me guide, pour qu'Il nous guide, et qu'Il me donne le cœur de continuer à faire face à toutes les... trépidations de la vie sur cette terre...Je sais qu'ils sont tous là-haut en train jubiler à ta venue ; tous nos ancêtres : Pa Gigi, grand-mère Lumène, ma grand-mère Caridad, Thérèse, ta sœur qui t'aimait tant, tes enfants Yves et la petite Gloria à qui tu n'avais même pas eu le bonheur d'offrir un tout petit sourire, ainsi que mon père, Rode. Je ne sais pas quand... mais le jour viendra... quand tu vas pouvoir encore... allègrement poser ta tête sur mon cœur...

Photo : par Guy-Claude Toussaint

Les yeux toujours brouillés de larmes, Matulie plaça à nouveau un baiser sur le front de sa maman ; et sur la pointe des pieds, elle quitta la chambre. En partant de l'hôpital, elle s'est arrêtée à la station des infirmières pour recueillir les effets de Denise. Parmi lesquelles figuraient un appareil de radio transistor noir et des cassettes d'enregistrement des chansons du Jazz des Jeunes, de Charles Aznavour, d'Édith Piaf, d'Ansy Dérose et de Mireille Mathieu.

Plus d'un mois auparavant, Matulie avait eu la prémonition. Cela lui peinait intensément, de voir s'en aller sa maman, mais elle a eu la pleine satisfaction de savoir que sa maman était partie dans la dignité et la sérénité ; et elle était comblée de toutes les grâces des dernières prières de sa fille aînée.

Le jour de son départ, Élise était avec elle pendant toute la journée... dans le jeûne et dans la prière !

Ce cœur rempli d'amour
Où suintait encore la trace des ecchymoses
Venait de crouler !

Le départ de Denise survint deux jours après la date de l'anniversaire de naissance de sa benjamine, Matty ! Elle laissa dans le chagrin ses quatre enfants et dix petits-enfants. Elle était âgée de seulement 71 ans !

La prémonition de Denise

Denise avait pratiquement déjà tout planifié. Matulie s'est souvenue qu'au cours d'une conversation entre elle et sa maman, lors d'une visite à la maison de retraite, Denise lui avait fait cette confession.

— Tu sais Tulie, j'étais morte hier.

— De quoi parles-tu, Maman ? Comment cela ; tu étais morte !

— Oui. Je te dis que j'étais morte.

— Qu'est-ce que tu avais ressenti, qu'est-ce que tu avais vu ?

— J'étais dans une grande salle qui pourrait ressembler à une salle de théâtre... Il y avait de la musique... Beaucoup de gens y faisaient le va-et-vient. Certains conversaient entre eux, certains priaient, d'autres rigolaient... J'avais vu Élise, elle portait une belle robe blanche imprimée de fleurs noires...

— T'as seulement vu Élise ; et moi, tu ne m'avais pas vue. Où étais-je ? Qu'est-ce qu'elle faisait, Élise ? Est-ce qu'elle pleurait ?

— Non, non, elle ne pleurait pas. Dans un coin de la salle, je l'ai vue assise devant un cercueil en train de prier ; dans le cercueil mon corps y était allongé…et Gloria était étendue sur ma poitrine…

À la fin de la conversation, Matulie en a profité pour poser à sa maman une question qui la brûlait depuis sa tendre enfance : « Dis-moi, Maman, as-tu une préférence pour l'un de tes enfants ?

Aucune réponse ne venait de Denise. Et Matulie d'y ajouter…

— Ne t'en fais pas, ça va rester entre nous. Je te le promets. Vas-y, dis-le-moi… Tu peux te confier à moi… lequel de tes enfants préfères-tu ?

Un petit sourire sur les lèvres, Denise, nonchalamment, pencha la tête vers le côté droit puis la redressa dans un soupir et s'engagea à voix basse dans un monologue :

« Qu'est-ce donc qu'une mère ? Une mère, elle donne la vie. Elle entretient la vie… Comment l'entretient-elle, la vie ? Elle l'entretient, en la protégeant… En l'aidant à s'épanouir, à grandir dans l'amour. En l'aimant de tout son cœur, de toute son âme, de tout son esprit… En l'aimant de tout son être, et ceci, malgré les heurts… Et puis enfin… pour ne pas déranger, une mère, elle se retire… pour mourir en silence… »

CHAPITRE IX

A. Vertulie Vincent

L'adieu.

Dès le lendemain du jour où sa mère s'est éteinte, pour les préparatifs des obsèques, avec l'aide du docteur Marchant, Matulie prit contact avec la cathédrale Saint-Agnès et les salons funéraires McKen, affiliés à la cathédrale, localisée à Rockville Centre à Long Island, dans le comté de Nassau. Le 3 mai était la date fixée pour les funérailles.

À la veille du jour des funérailles, à 17 heures, la fête s'amorça dans les salons funéraires McKen. Un nombre diversifié de couronnes garnies de feuillages et de fleurs multicolores variées décoraient la salle. Certaines ont été offertes par les membres de la famille ; d'autres, par les collègues de bureau de Matty en Floride et les membres du Club Aux Antilles[50]. Le collage des photos-souvenirs, artistiquement assemblés par Matty, était devenu la pièce maîtresse, incitant l'attraction et faisant marcher la conversation entre les visiteurs. Au bout de deux heures consécutives, au son de la musique des chansons de Charles Aznavour et du fameux Jazz des Jeunes, les amis venus de partout s'arrêtaient devant le cercueil pour payer leur respect à Denise et aussi défilaient devant les membres de la famille pour leur souhaiter leurs condoléances. La salle d'expo-

---

[50] Club formé par les collègues de bureau de Matulie de nationalité haïtienne travaillant à l'ONU.

sition de la maison funéraire était comblée. Des confrères et des consœurs d'Élise, des collègues de l'ONU et des amis de la presse de Matulie, des amis de Matty, de vieux amis de Denise, des amis de longue date et les membres de la famille, tous, ils étaient là pour offrir leur sympathie et témoigner leur affection aux enfants de Denise.

Entre-temps, quelques minutes de pose ont été accordées où l'assistance avait le choix ou bien de rester à la salle d'exposition, ou bien de sortir pour une bouffée d'air ou encore de visiter les boudoirs.

Dans une prière suivie de son discours élogieux, Rulx, le cousin de Denise, a rouvert la partie. Il termina son allocution en demandant à l'assistance une minute de silence ; une minute de recueillement. D'une voix chaude et claire et à l'unisson, Élise et Matulie poursuivirent en déclamant un poème d'un auteur inconnu que Denise aimait souvent dire avec ses filles :

S'AIMER PUIS SE QUITTER

S'aimer puis se quitter voilà notre existence
Se séparer toujours au moment le meilleur
Telle est dans notre vie notre pire souffrance
Et le plus grand chagrin qui nous brise le cœur
Pourquoi donc tant aimer ?

Pourquoi donc s'attacher
Puisqu'un jour tôt ou tard le rêve doit mourir
Puisque demain peut-être il faudra s'arracher
À ce que nous croyons ne plus devoir finir
Pourquoi donner chaque jour un peu de nous-
même ?

À travers notre vie pourquoi tant nous donner ?

Partageant notre cœur même sans qu'on nous
aime
Ils n'eurent pas bien tort ceux qui dans leur
détresse
Disent que l'égoïste est un être heureux
Car il n'a pas connu de pareille tristesse
Et ne saurait être si malheureux.

La déclamation terminée, Élise s'est rassise. Matulie encore debout devant le cercueil de sa maman entama avec ces paroles :

Chak fwa mwen te konn al wè manman m nan nèsing hom nan, nou tout nou te konn chante ; jodi a, pa gen moun kap anpeche nou chante.
(Chaque fois que je visitais Maman dans la maison de retraite, ensemble nous avions chanté ; aujourd'hui personne ne va nous en empêcher de le faire).

En entendant prononcer ces paroles, pendant un instant, on aurait cru que Matulie était en train d'être chevauchée par un loa. Tout à coup le son de sa voix monta en *crescendo* dans une chanson de Gérard Dupervil, chanteur du Jazz des Jeunes :

Denise

« Lè mwen te ti zanfan mwen pa t konnen Denise
(Quand j'étais un gosse, je ne connaissais pas
Denise).

Se lan youn ti bal nou vin fè konesans
(Au cours d'un bal, j'ai fait sa connaissance).

Nou anchante nou tou de byen kontan
(Nous étions enchantés et tous deux très
contents)

Nou te vin fè de bon ti zanmi
(Nous sommes devenus de bons petits amis)

Zanmi sensè mesye dam, sa pa fasil pou w jewn
non.
(Des amis sincères, Messieurs et Dames, sont
très rares à trouver)

Avèk Denise mwen jwen senserite
(Parce qu'en Denise, j'ai trouvé la sincérité)

Map mande bon Dye poul bannou kouraj
(Je demande à Dieu de nous donner du
courage)

Na toujou rete viv konsa
(Pour que nous puissions toujours vivre ainsi).

Doudoune, kenbe men mwen pa janm lage l
(Doudoune, tiens-moi par la main sans jamais me
lâcher).

Doudoune tout la vi mwen se ou menm ki kenbe l
(Doudoune, toute ma vie, c'est toi qui en es la
gardienne)

Doudoune, se mwen sèl ki konn sa ou vo
(Doudoune, ta valeur, je suis le seul à la
connaître).

Si w mouri, mwen ka mouri tou
(Si tu meurs, je meurs).

Paske se ou menm ki la vi mwen
(Parce que tu es ma vie).

Ay Denise cheri mwen, wa p toujou lan kè m
(O toi, Denise, ma chérie, tu seras toujours dans
mon cœur).

Map toujou sonje w, e m pap jamen bliye w
(Je me souviendrai de toi et jamais je ne
t'oublierai).

Men m si lemond ta vin disparèt.
(Même s'il arrivait la fin du monde).

Se ou men m ki pou ta jij m
(C'est toi qui serais mon juge).

Ay, Doudoune wa p toujou lan kè m

LES SALONS DE DENISE

(O toi, Denise, tu seras toujours dans mon cœur).
Ma p toujou sonje w, e m pap jamen bliye w
(Je me souviendrai de toi et jamais je ne
t'oublierai)

Men m si lemond ta vin disparèt
(Même s'il arrivait la fin du monde)

Se ou men ki pou ta jij m
(C'est toi qui serais mon juge).

Lole lole lole loleey lole lole loleey lole lo lole lole
lole lole lololo

Konnen byen m pap sa bliye w, manman
(Sache-bien, je ne pourrai jamais t'oublier,
Maman).

Ayayayay Doudou n an mwen
(O ma Doudoune)

Ti cheri an mwen ma p toujou sonje w
(Ma petite chérie, de toi toujours je me
souviendrai).

Konnen byen m pap sa bliye w
(Sache-bien, je ne pourrai jamais t'oublier)

Manman»
(Maman)

Après que Matulie, en y mettant tout son cœur, tout son corps et toute son âme, eut fini d'interpréter en l'honneur de sa maman la chanson de toutes les générations, « Denise », de Gérard Dupervil vint ensuite le mot de Matty, la benjamine :

MAMAN A TOUJOURS RAISON

« *Maman, quand à l'âge de 16 ans, je t'ai fait faire la connaissance de Mario, qui deux ans après devint mon conjoint, tu m'as tendrement regardée pendant un instant dans les yeux, pour ensuite me dire : 'Ma fille, tu l'aimes trop, il va te briser le cœur'.*

Comment le savais-tu ?

Quand tu m'as rejointe en Allemagne pour préparer les couches de ma fille Peph, je voulais toujours te caresser les cheveux, te les laver, te les coiffer. Tu avais deviné que dans mon for intérieur, je voulais que ses cheveux soient aussi soyeux que les tiens, et tu m'as dit : 'Ne t'en fais pas, ses cheveux seront comme les miens'.

Encore une fois tu avais raison.

Quand mon fils Jude est né prématurément, tu m'as regardé fondre en larmes en apprenant les diagnostics des médecins, qui m'avaient prévenu des complications que le manque de développement de ses organes, à la naissance, allait entraîner pendant sa croissance. Tu m'as réconfortée en me disant : 'Ne te tracasse pas Matty, il va grandir en sagesse et en intelligence, et, d'autre part, il sera grand et fort'.

213

Tu avais encore gagné.

Je me souviens du jour où tu m'as dit de vivre ma vie comme je l'entendais à la vivre, mais que je devrais aussi être prête à en endurer les conséquences. Je l'ai en effet vécu comme je l'ai voulu, ma vie, et aussi embrassé toutes ses dures réalités.

Ce soir, Maman, qu'est-ce que je donnerais pour t'entendre me dire à nouveau, combien fière que tu es de ta petite Matty ! »

Ce fut un silence prolongé... et Matty de reprendre...

« Je pense que la réponse, je ne le saurai qu'à notre prochaine rencontre...

Si, assez souvent, tu ne m'as pas entendu te le dire, alors ce soir je te le dis encore une fois :

Je t'aime beaucoup Maman ! »

Tout de suite après le mot de Matty, s'avançant fièrement vers la cathèdre, la prochaine oratrice se présenta :

« Je suis Méliche, fille de Danielle et de Rode, et je suis ici pour parler de Mamie Denise ».

Méliche posa sa voix pendant un instant et projeta verticalement son regard sur l'assistance. Tout à coup, un sentiment de curiosité s'éleva dans la salle.

« Pourquoi Méliche ? Qu'est-ce qu'elle fait là ? Qu'est-ce qu'elle a à remémorer de Denise ? »

Méliche tout en redressant la tête, dans une voix imposante, fit vibrer la salle en ponctuant :

« C'est parce qu'elle a beaucoup aimé, qu'elle a beaucoup souffert ».

Une fois encore, elle prit un moment de pose et poursuivit :

« C'était l'année 1973. Je me préparais pour mes examens de baccalauréat de fin d'études secondaires. J'en avais par-dessus la tête. À cette même époque, Mamie Denise avait, par coïncidence, eu un songe prémonitoire. Mon père était apparu à elle, lui demandant de me protéger, de me prendre sous ses ailes, voyant que j'étais en danger. Sans hésitation aucune, elle a été me chercher chez la tante à qui ma maman avait confié mes sœurs, mon frère et moi avant son départ pour les États-Unis d'Amérique.

Mamie Denise avait un cœur d'une sensibilité intense et qui débordait d'amour. C'est parce qu'elle a beaucoup aimé qu'elle a beaucoup souffert ! Le sentiment de magnanimité, le sentiment d'amour —l'amour inconditionnel d'une mère pour sa fille— qu'elle a témoigné envers moi, durant cette période de ma vie... quand j'avais besoin d'un cœur pour m'épancher, ont été d'une préciosité infinie pour moi. Je peux vous avouer aujourd'hui que cela a été un privilège d'avoir connu Mamie Denise. Et je suis fière de l'appeler Mamie Denise ».

Méliche a aussi lu quelques poèmes de Louis Aragon en l'honneur de « Mamie Denise ». La mère de Méliche ainsi que les autres demi-sœurs et demi-frère de Matulie étaient aussi présents aux funérailles, mais aucun d'entre eux n'avait témoigné.

Pour terminer la célébration, Fabina, une des amies de Matulie, travaillant aussi à l'Organisation des Nations Unies, a lu un des poèmes de Denise. Le poème que Denise avait composé pour les amies de ses enfants : *Vous êtes des fleurs.*

VOUS ÊTES DES FLEURS

Vous êtes des fleurs nouvelles, des fleurs à peine écloses
Des lilas, des muguets, des violettes et des roses
Qui dansent dans le vent qui crie :
« Ah, Qu'elles embaument ! »
À vous qui insouciantes répandez votre arôme.
Vous êtes des fleurs, des fleurs que l'orage a bannies
Pour un temps encore proche de ses ravages maudits.
Prenez-garde, vous êtes des fleurs !
Car l'orage un jour
Pourra vous encercler dans ses griffes de vautours
Vos pétales effeuillés, effeuillés par l'amour
D'un volage papillon s'éparpillent pour toujours
Et alors belles fleurs vous ne danserez plus
Dans le joli parterre où vous avez vécu
Ce cœur plus vieux que ferme d'une grande amie
Dont vous avez voulu entendre le récit
Voudrait bien que sa bouche à jamais restât close.
Il ne vous connait pas et pourtant il vous aime
Vous prévient des déboires, des larmes et des peines.
Ce cœur c'est un manoir croulant et solitaire
Qui se tait sur ces mots vous disant que sur terre
Plus grande est la douleur plus amère est la vie
Plus la plaie est profonde moins vite elle se guérit.

Denise ne voulait pas que ses funérailles soient un moment de tristesse. Elle ne voulait pas de pleurs. Elle ne voulait pas de larmes. Elle ne voulait pas non plus de cris de détresse. Et ses enfants avaient respecté ses souhaits : ils n'en avaient versé aucune ; pas même une goutte au cours de la veillée. Pourtant, la performance de la soirée a produit une émotion si forte que Patrick l'époux de Fabina se promenait autour de la salle avec une boîte de serviettes en papier pour en offrir à l'assistance, afin de sécher les larmes qui ne tarissaient de leurs yeux.

La rencontre arriva vers sa fin, mais tout le monde s'attardait encore à bavarder en petits groupes. Il s'en était fallu de peu pour que la maison funéraire ne fermât les portes au nez de l'assistance.

À la fin de la rencontre, Cécile, la petite sœur de Denise, a fait la confidence à Matulie, qu'elle détenait un cahier plein de poèmes composés par Denise. Et que sa sœur en avait même écrit quelques-uns pour elle. C'est dommage qu'elle n'ait pas été informée que les enfants allaient réciter ses vers, au cours des veillées rituelles, autrement, elle aurait, elle aussi, pu lire l'un de ses poèmes.

Le lendemain de la veillée, toute la famille et les amis se retrouvèrent encore, de bonne heure, dans la maison mortuaire McKen pour accompagner Denise à la cathédrale Saint-Agnès pour sa dernière messe. Donia, sa sœur aînée, arriva juste à temps pour lui offrir, comme Denise l'avait toujours souhaité, des boutons de rose rouge, à peine éclos —sans les épines : symbole de l'amour de Denise pour sa sœur—.

« *J'en avais assez reçu d'épines dans ma vie...* »

Donia a pris soin de répandre toutes les roses dans son cercueil avant de dire un dernier adieu à sa petite sœur Denise.

À l'église, les chansons, l'Épitre et l'Évangile choisis par ses filles ainsi que l'homélie du prêtre, inspirée par ses filles, reflétaient bien la dévotion de Denise pour la très sainte Mère de Jésus, son Sauveur, la Vierge Marie ; son amour et surtout son désir de se parfaire et d'être plus près de son Dieu. À la clôture du rituel, sur un air exotique de l' « Ave Maria » de Franz Schubert, Denise fut reconduite dans le corbillard. Debout sur les perrons de l'église, l'assistance suivit des yeux la voiture qui la transportait au *crématorium*. Toute la famille ainsi que les amis se sont ensuite rencontrés chez Matulie pour continuer la célébration de la vie de Denise. Une fête qui dura jusqu'en fin de journée.

Cinq ans après que Denise eut rendu son esprit à son Dieu, Matulie a eu l'idée de combler la vie de sa maman avec la création des rendez-vous littéraires « Les salons de Denise ».

A. Vertulie Vincent

Quelques mots de sympathie

Chère Matulie,

C'était avec la plus grande tristesse que j'ai appris la mort soudaine de votre mère. Je sais combien vous étiez proche d'elle et elle de votre fils. Je crois qu'elle doit vous manquer terriblement. Essayez de penser aux précieux moments que vous aviez vécus ensemble.

Je ne l'ai rencontrée qu'une seule fois, votre maman ; elle était si charmante et avait toute l'élégance de notre société caribéenne de jadis. Vous avez beaucoup hérité d'elle. Vous avez non seulement hérité les traits de son adorable visage, mais aussi les traits de ses manières distinguées tant du point de vue de votre comportement que du point de vue de votre sensibilité envers les autres.

Je vous présente mes plus profondes sympathies en cette circonstance. Plusieurs de vos collègues m'ont également priée de vous transmettre leurs profondes sympathies, mais je suis sûre qu'ils prendront directement contact avec vous.

Avec mes sincères et meilleurs vœux et ma profonde affection.

Edwidge King[51]
Sous-Secrétaire générale
Conseillère spéciale pour la parité entre les sexes et la promotion de la femme
Organisation des Nations Unies

(Traduction par Matulie. Version originale en anglais).

---

[51] Edwidge King est de nationalité jamaïcaine. Matulie fut son Assistante Personnelle au cours de sa carrière à l'ONU entre juin 1997 et juin 2000.

LES SALONS DE DENISE

Ma chère Tulie,

Je ne saurais palper ce que tu ressens en ce moment puisque ma mère est encore vivante, mais crois-moi, je suis sensible à ta perte. Je me sens privilégiée d'avoir rencontré une personne aussi admirable que ta mère. Selon le vieil adage, Dieu choisit ceux qu'Il accueille dans son royaume; et ce sont ceux-là qui sont bénis. Ta mère était une personne exceptionnelle, Dieu devait donc l'avoir avec Lui, à ses côtés. Souviens-toi que Denise n'aurait jamais voulu que tu sois triste. Par contre, elle aurait aimé que tu sois toujours heureuse. Et puis, elle ne t'a pas vraiment quitté ni abandonné, car elle est toujours présente autour de toi.

Chaque jour est une montagne à gravir; et si tu t'y mets avec courage, Dieu allégera tes pas. À chaque fois qu'il t'arrive de contempler la beauté de la nature qui t'entoure, tu te souviendras de Denise, ta mère, car Denise était beauté. Denise te regarde de là-haut et pour elle tu es sa fierté. Tu as tant accompli dans ta vie ! Et tu dois perpétuer la mémoire de Denise en ne te laissant pas sombrer dans le désespoir, en restant très forte, très courageuse... pour elle... pour toi... pour ton fils Greg à qui sa grand-mère va beaucoup manquer.

Tu dois l'immortaliser, ta mère, en remémorant sa vie... son cœur... En remémorant combien elle avait un grand cœur... combien son cœur était rempli d'amour !!!

A. Vertulie Vincent

Est-ce que je me souviens de Denise ? Comment puis-je ne pas me souvenir de Denise ? Bien qu'il ait passé tant d'années depuis que je l'ai vue, je me souviens combien elle était gentille et toujours prête à apporter son aide aux autres.

Il fut un temps, j'avais un problème bien particulier avec ma propre mère. Je me suis confié à elle. Elle était si gracieuse et gentille envers moi et m'a écoutée comme si j'étais sa propre fille. Elle a gardé pour elle mes confidences : ce que j'ai grandement apprécié.

Oui, Tulie, je me souviens bien de Denise !!!

Marcy.

Traduction par Matulie. Version originale en anglais.

_____

Chère Matulie,

Les mots peuvent peu pour atténuer la douleur. Je vois que vous avez eu beaucoup de courage pour l'exprimer en gestes et chansons. Ton copain m'a l'air d'un homme profond qui t'aidera à combler ce vide…

Courage !

Affectueusement,

Elena.

Chères cousines,

Denise vivra toujours dans le cœur de ses enfants. Nous voulons vous assurer que nous partageons les douleurs que vous éprouvez dans cette période difficile de votre vie.

Que le Dieu de bonté et de compassion vous soutienne !

Vos cousins,

Jeanine, Georges et Rulx
Jeanine Jean-Gilles, Georges Jean-Charles[52] et Rulx Jean-Gilles.

---

[52] Georges Jean-Charles: poète, écrivain, né le 30 juillet 1932 à Desbarrières, quatrième section rurale des Gonaïves, Georges détient un doctorat en littérature française. Sa thèse, « Jacques Stéphen Alexis: Combattant et Romancier d'Avant-Garde », soutenue en mai 1984, a été retenue comme la meilleure thèse de l'année par le CUNY (City University of New York).

CHAPITRE X

A. Vertulie Vincent

Les salons de Denise.

— Eh bien ! Mon cher Siedne, mon idée, c'est de réunir quelques-unes de nos amis en l'honneur de ma mère. Pour nous assurer de la réussite de cette soirée, nous allons lancer une soirée culturelle chez moi, et ainsi, on pourra aussi inviter quelques dames du quartier. Je pense que la date du 17 mai 2008 conviendrait à tous, puisque c'est la veille de la fête de notre drapeau. Certaines d'entre elles diront des poèmes ; d'autres liront des textes littéraires ; ainsi nous pourrons en discuter. N'oublions surtout pas la partie musicale. Nous inviterons une ou deux d'entre elles à chanter. Quant à l'assistance, le loisir de la dégustation des spiritueux leur est tout simplement accordé. J'aimerais que ce soit toi qui ouvres la fête en lisant un de tes poèmes favoris, si tu le veux bien ; à 19 heures. Tu pourras, bien sûr, prendre une flûte de champagne avec nous. Seules quelques heures de ton temps pour commémorer la dame qui était née le jour de « ton anniversaire » seront nécessaires. Réfléchis là-dessus ! Pense à emmener Aïda ; l'invitation est pour vous deux. Je sais que la soirée sera différente et extraordinaire.

— Ne t'en fais pas, Matulie. Je n'ai point besoin de réfléchir. En t'écoutant, j'ai vécu avec toi les myriades d'émotions qui émanaient de ton récit. J'accepte à cœur-joie l'honneur d'être avec vous en ce jour du 17 mai. Et nous allons trinquer à la vie et à l'amour pour célébrer l'anniversaire du départ d'une âme si transcendante !

—Tu l'as si bien dit Siedne : « Nous allons en effet trinquer à la vie et à l'amour. » Les nombreux passages de scènes de possessions et de visions qui se sont déroulés autour de la vie de ma mère, mettent en évidence l'intensité des émotions qui nous relie avec ceux qui sont partis avant nous, et aussi rejoignent la thèse de l'Évêque d'Angers qui soutient que « les morts ne sont pas des absents, mais des invisibles. Ils sont toujours présents parmi nous et planent autour de nous ». Je ne sais pas si tu te rappelles aussi, que pour son petit-fils, Denise est « Amour ». En outre, sa belle-fille Méliche, dans son allocution ainsi que mon ancienne patronne, Mme King et mon amie Marcy, dans leur note de sympathie, ont aussi souligné combien Denise avait un cœur sensible qui débordait d'amour. Donc trinquer en son honneur, c'est bien trinquer à la vie et à l'amour !

— Alors, de mon vaste répertoire de poètes africains, français et haïtiens, je laisse à toi, l'artiste, le soin de choisir le ton de mon récit.

— Quel que soit le ton ou l'auteur que tu auras choisi, je suis sûre que tu vas t'y mettre de tout cœur... et il sera bien rendu.

Je me suis aussi enquise auprès de plus d'une de ces dames, et il y a certaines d'entre elles qui vont lire des textes d'auteurs français et d'autres des textes d'auteurs haïtiens. Moi, je vais dire un texte d'un des auteurs français préférés de ma mère et aussi chanter une chanson du folklore haïtien.

— Je te fais suivre l'invitation et il y aura une quinzaine d'invités. Toi, tu seras la grande surprise.

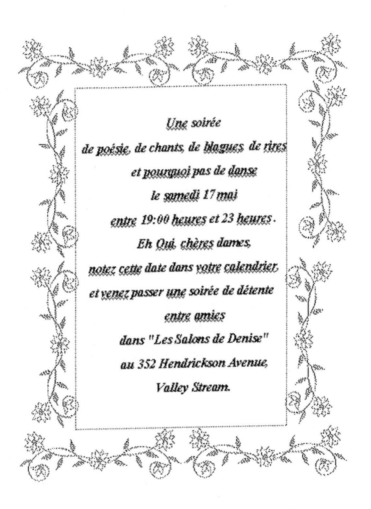

Une soirée
de poésie, de chants, de blagues de rires
et pourquoi pas de danse
le samedi 17 mai
entre 19:00 heures et 23 heures.
Eh Oui, chères dames,
notez cette date dans votre calendrier,
et venez passer une soirée de détente
entre amies
dans "Les Salons de Denise"
au 352 Hendrickson Avenue,
Valley Stream.

— Eh ben ! Dis donc, Matulie, elle est singulière cette carte d'invitation ! Quand tu dis dans « Les salons de Denise », c'est bien le prénom de ta mère et la rencontre sera bien sûr nommée après elle, n'est-ce pas ?

— Vrai. Denise est bien le prénom de ma mère ; et la soirée intitulée « Les salons de Denise » va être créée en son honneur !

Arriva le jour de la fête. C'était le samedi 17 mai 2008. À 19 heures, pile au seuil de sa porte, sur le fond de la musique *Moon-Star* de *Kitaro,* Matulie annonça l'arrivée de Siedne.

Lui, élégamment debout sur le porche, après avoir franchi la porte d'entrée de la maison, dans une éloquence imposante, s'acheminant du vestibule au salon, en guise de salutations tout en prêtant sa voix au feu Dr Désinor[53], Siedne se fit entendre dans le poème de Carlo, qui a remporté le prix Henry Deschamps en l'année 1972 à Port-au-Prince :

---

[53] Carlo A. Désinor: (Juillet 1951-Septembre 2000) médecin, journaliste, poète, écrivain, homme politique. Il fut Directeur général de la Télévision National d'Haïti (TNH), Rédacteur en chef du Journal le Nouvelliste, Ministre de l'information, de la culture et de la coordination, Ministre des affaires sociales. Comme il l'a toujours dit, Carlo était avant tout un médecin et un journaliste d'une grande simplicité, dont la passion est d'écouter, d'apprendre et de comprendre… Et surtout d'écrire.

MAMAN, dis-moi

On ne peut avoir la nostalgie
de ce que l'on n'a pas vécu avec conscience
...et pourtant,
j'ai la nostalgie de tes entrailles **MAMAN.**
Et j'ai comme le sentiment
que tu porteras toujours en ton sein
le berceau de l'enfant que j'ai été
de l'homme que je suis
et demain peut-être
du souvenir que je serai...
Quand sur la grand'route, je goutte
à la stérilité des autres
et que mon âme espère une oasis,
je m'en retourne en moi.
Et dépouillé de tout baguage, je prends le chemin
de tes yeux.
Et alors ?
Non, ne dis rien...
Laisse-moi te dire
que tes petits yeux gris cendres
sont un beau soir d'été
où la brise glisse entre les doigts
et chatouille les cils.
MAMAN,
j'ai passé vingt ans à chercher des mots
d'amour ;
j'ai passé tout ce temps
à te regarder
et à ouvrir la bouche pour ne rien te dire.
Aujourd'hui, j'ai trouvé ce mot d'amour.

Je l'ai trouvé,
cela fait longtemps déjà,
très longtemps …
Je ne pouvais comprendre
que chaque fois que je disais : **MAMAN**
c'était tout un flot d'amour et d'innocence
qui perlait à ma bouche.
J'ai passé vingt ans à apprendre
Comment te dire : merci.
J'ai passé tout ce temps
à te regarder
et à cacher ma lacune en t'embrassant.
MAMAN, *dis-moi :*
L'homme serait-il trop petit
pour atteindre cette parcelle de DIEU
que tu portes en toi ?

Toutes les dames d'un air pantois apprécièrent la venue de l'invité surprise.

La prestance de Siedne se passa de présentation. À la fin de sa performance, des petites conversations en coulisses résonnèrent les questions suivantes : « Pourquoi le choix de Siedne ? Est-ce un compatriote? A-t-il vécu dans la métropole française ? Est-ce un collègue ? Est-ce le Malien dont l'épouse travaille au bureau du Secrétaire général ? »

— Alors, Siedne représente un symbole. Il a été choisi pour les simples et bonnes raisons que, non seulement, il partage la même date d'anniversaire de naissance que Denise, mais il est aussi né exactement un mois moins un jour après la mort de Rode.

On commença par sabler le champagne et la dégustation du vin continua à flot... On bavardait à cœur joie !

Matulie rendit hommage à sa mère pour tous les sacrifices qu'elle a offerts pour le bien-être de ses enfants, et aussi pour sa passion pour les merveilleuses poésies d'Alfred de Musset, à travers un extrait du poème « La nuit de mai » de Musset Le Pélican.

LE PÉLICAN

Lorsque le pélican, lassé d'un long voyage
Dans les brouillards du soir retourne à ses
roseaux
Ses petits affamés courent sur le rivage
En le voyant au loin s'abattre sur les eaux.

Déjà, croyant saisir et partager leur proie
Ils courent à leur père avec des cris de joie
En secouant leurs becs sur leurs goitres hideux.

Lui, gagnant à pas lent une roche élevée
De son aile pendante abritant sa couvée
Pêcheur mélancolique, il regarde les cieux.

Le sang coule à longs flots de sa poitrine ouverte
En vain il a des mers fouillé la profondeur
L'océan était vide et la plage déserte
Pour toute nourriture il apporte son cœur.

Sombre et silencieux, étendu sur la pierre
Partageant à ses fils ses entrailles de père
Dans son amour sublime il berce sa douleur
Et, regardant couler sa sanglante mamelle,
Sur son festin de mort il s'affaisse et chancelle
Ivre de volupté, de tendresse et d'horreur.

Mais parfois, au milieu du divin sacrifice
Fatigué de mourir dans un trop long supplice
Il craint que ses enfants ne le laissent vivant

A. Vertulie Vincent

Alors il se soulève, ouvre son aile au vent
Et, se frappant le cœur avec un cri sauvage
Il pousse dans la nuit un si funèbre adieu
Que les oiseaux des mers désertent le rivage
Et que le voyageur attardé sur la plage
Sentant passer la mort se recommande à Dieu.

Poète, c'est ainsi que font les grands poètes.

Ils laissent s'égayer ceux qui vivent un temps
Mais les festins humains qu'ils servent à leurs
fêtes
Ressemblent la plupart à ceux des pélicans.

Quand ils parlent ainsi d'espérances trompées
De tristesse et d'oubli, d'amour et de malheur
Ce n'est pas un concert à dilater le cœur
Leurs déclamations sont comme des épées
Elles tracent dans l'air un cercle éblouissant
Mais il y pend toujours quelques gouttes de sang.

Quelques minutes de causeries suivirent.

L'arrêt impromptu du docteur Marchant, après avoir rempli ses engagements à sa clinique gériatrique, là où il dut, ce soir-là, soigner ses patients, apporta le fou rire à l'assistance avec une pluie de plaisanteries humoristiques.

La grande Olivia poursuivit ensuite avec la lecture d'un texte de Jean-Michel Quoist intitulé « Seigneur, Pourquoi m'as-tu dit d'aimer ? »

SEIGNEUR, POURQUOI M'AS-TU DIT D'AIMER ?

Celui qui a commencé à se donner aux autres est sauvé. En accueillant son prochain, il accueillera Dieu et se délivrera de lui-même. Or nous sommes notre plus mortel ennemi.

Humainement, nous faisons souffrir et surnaturellement nous barrons la route à Dieu.

Il y a des hommes qui s'acharnent à se polir eux-mêmes. Ils s'examinent, passent leur temps à lutter contre leurs défauts et n'arrivent jamais à bout d'eux-mêmes, si ce n'est quelquefois à cultiver en serre chaude de petites vertus à leur maigre mesure. Ils s'égarent. Certains éducateurs les encouragent dans cette voie ne s'apercevant pas qu'à force de leur montrer tel défaut à combattre, telle qualité à acquérir, ils les centrent sur eux-mêmes et les condamnent à la stagnation.

Au contraire, il faut se pencher sur eux, pour connaître d'abord, non pas ce qu'ils ont de mauvais, mais ce qu'ils ont de bon, c'est-à-dire découvrir leurs richesses. Connaître ensuite dans le détail les milieux de vie où ils évoluent et les aider concrètement à y être présents en se donnant aux autres.

Tous peuvent et doivent donner. S'ils ont un talent, qu'ils le donnent ; s'ils en ont dix, qu'ils donnent les dix. Ce n'est qu'en donnant que l'on peut recevoir.

Mais celui qui a commencé ce don très vite s'aperçoit, s'il est loyal, qu'il ne peut plus reculer. Il a peur : il faut alors l'encourager, lui montrer que ce n'est qu'à la condition de se donner aux autres qu'il réussira sa vie et connaîtra la JOIE.

« Après un long délai, le maître de ces serviteurs arrive et il règle ses comptes avec eux. Celui qui avait reçu les cinq talents s'avança et lui présenta cinq autres talents : 'Seigneur, dit-il tu m'as confié cinq talents : en voici cinq autres que j'ai gagnés.' C'est bien ! Serviteur bon et fidèle, lui dit son maître, en de modiques affaires, tu t'es montré fidèle, sur de considérables, je t'établirai ; viens partager la joie de ton Seigneur.
(Matthieu, 25 : 19-21).

Voici à quoi nous avons connu l'Amour : celui-là a offert sa vie pour nous. Et nous devons, nous aussi, offrir notre vie pour nos frères. Si quelqu'un, jouissant des richesses du monde, voit son frère dans la nécessité et lui ferme ses entrailles, comment l'amour de Dieu demeurerait-il en lui ? Petits enfants, n'aimons ni de mots ni de langue, mais en actes, véritablement. Par-là, nous saurons que nous sommes de la vérité.
(1 Jean 3 : 1 6-19).

Un moment de silence a pris un cours naturel à la fin de la lecture des passages de l'évangile selon Saint Matthieu, et de celui de Saint Jean... Et Olivia poursuivit avec la lecture du texte de Quoist :

Seigneur, pourquoi m'as-tu dit d'aimer tous mes frères les hommes ?

J'ai essayé, mais vers Toi je reviens effrayé...
Seigneur, j'étais si tranquille chez moi,
Je m'étais organisé, je m'étais installé.
Mon intérieur était meublé et je m'y trouvais bien.
Seul, j'étais d'accord avec moi-même.
À l'abri du vent, de la pluie, de la boue.

Pur je serais resté, dans ma tour enfermé.

Mais à ma forteresse, Seigneur, tu as découvert une faille
Tu m'as forcé à entrouvrir ma porte
Comme une rafale de pluie en pleine face
Le cri des hommes m'a réveillé
Comme un vent de bourrasque, une amitié m'a ébranlé
Comme s'insinue un rayon de soleil, ta grâce m'a inquiété
... Et j'ai laissé ma porte entrouverte, imprudent que j'étais.

Seigneur, maintenant je suis perdu !

Dehors, les hommes me guettaient.

A. Vertulie Vincent

Je ne savais pas qu'ils étaient si proches
Dans cette maison, dans cette rue, dans ce
bureau
Mon voisin, mon collègue, mon ami.

Dès que j'eus entrouvert, je les ai vus, la main
tendue, le regard tendu
L'âme tendue, quêtant comme des mendiants
aux portes des
Églises.

Les premiers sont rentrés chez moi, Seigneur.
Il y avait tout de même un peu de place dans
mon cœur.
Je les ai accueillis, je les aurais soignés
Je les aurais cajolés, frisés, mes petites brebis à
moi
Mon petit troupeau.

Tu aurais été content, Seigneur, bien servi, bien
honoré
Proprement, poliment.

Jusque-là, c'était raisonnable...
Mais les suivants, Seigneur, les autres hommes
Je ne les avais pas vus, les premiers les
cachaient.

Ils étaient plus nombreux, ils étaient plus
miséreux
Ils m'ont envahi sans crier gare.

*Il a fallu se resserrer, il a fallu faire de la place
chez moi.*

*Maintenant, ils sont venus de partout
Par vagues successives, l'une poussant l'autre,
bousculant l'autre.*

*Ils sont venus de partout, de la ville entière
De la nation, du monde ; innombrables,
inépuisables.*

*Ils ne sont plus isolés, mais en groupes, en
chaîne, liés les uns aux autres, mêlés
soudés, comme des morceaux d'humanité.*

*Ils ne sont plus seuls, mais chargés de pesants
bagages
Bagages d'injustice, bagages de rancœur et de
haine
Bagages de souffrance et de péché…
Ils traînent le Monde derrière eux
Avec tout son matériel rouillé et tordu
Ou trop neuf et mal adapté, mal employé.
Seigneur, ils me font mal ! Ils sont encombrants,
Ils sont envahissants.*

Ils ont trop faim, ils me dévorent !

*Je ne peux plus rien faire ; plus ils rentrent
Plus ils poussent la porte et plus la porte
s'ouvre…
Ah ! Seigneur ! Ma porte est toute grande*

ouverte !

Je n'en puis plus ! C'est trop pour moi ! Ce n'est plus une vie !

Et ma situation ?

Et ma famille ?

Et ma tranquillité ?

Et ma liberté ?

Et moi ?

Ah ! Seigneur, j'ai tout perdu, je ne suis plus à moi
Il n'y a plus de place pour moi chez moi.

Ne crains rien, dit Dieu, tu as TOUT gagné
Car tandis que les hommes entraient chez toi
Moi, ton Père
Moi, ton Dieu
Je Me suis glissé parmi eux ».

Un court moment de réflexion sur le texte fantastique du prêtre Quoist et une certaine méditation sur les passages de l'évangile de Saint Matthieu, 25 : 19 -21 et de celui de Saint Jean 3 : 16-19 firent suite à cette exaltation à l'Éternel.

Ainsi, Matulie remercia Olivia pour son choix et lui souligna qu'elle avait été bien inspirée parce que ce texte lui a fait revivre un pan de la vie de sa maman dans le temps où elle vivait avec ses enfants, ses nièces et neveux, ainsi que ses belles-filles dans une si modeste demeure à l'avenue Magny à Port-au-Prince. La discussion vira ensuite sur le rêve d'Olivia de mettre en scène l'œuvre « Le Cid » du tragi comédien du 16e siècle, Pierre Corneille.

Au terme des discussions, avec une grâce insurpassable, Régine, la cousine de Matulie a récité : *Réfléchis avant d'Aimer* de la poétesse haïtienne, Mme V. Valcin. Elle révéla par la suite qu'elle avait appris ce poème de sa chère tante Denise.

RÉFLÉCHIS AVANT D'AIMER

Enfant chère à ma vie et qui n'a pas vingt ans
L'amour est à la fois, crois bien, ange et Satan
Il charme et fait pleurer selon les circonstances
Celui qui le matin vous chante des romances
Est le même qui le soir vous meurtrit le cœur.

L'amour n'est pas toujours la route du bonheur
Il est un précipice où finissent les rêves
Il est un grand désert ou des arbres sans sève
Succombent de chaleur et de privation d'eau.

N'aime pas...mon enfant, l'amour est un fardeau.

Oh ! Ne m'écoute pas, j'exagère peut-être
Tu dois aimer aussi, tu dois aussi connaître
Le dieu qui fait régner la paix dans les foyers.

Ton cœur est parfois triste, il faut pour l'égayer
Un autre...Ah ! Tu souris coquine, mais prends garde
Qu'il ne soit pas de ceux qui pour tromper se fardent.

Enfant chère à ma vie et qui n'a pas vingt ans
Ils sont partis les jours, oh ! Les beaux jours d'antan
Ou sans les consulter, les parents pour leurs filles
Choisissaient un époux. Maintenant les familles

Attendent des enfants l'aveu de leur amour.
Réfléchis, réfléchis donc encore et toujours
Afin de n'avoir pas un jour la dure peine
D'avoir fait de ton cœur un martyr de la haine.

Entre les quelques blagues désopilantes de Rachèle et les conversations à bâtons rompus, Matulie, pour repasser les journées de durs labeurs de sa maman, chanta: *Papa Danbalah.*

PAPA DANBALAH

Jou poko leve na p travay…
(Il ne fait pas encore jour, nous travaillons)

Solèy fin kouche nap travay
(Le soleil est déjà couché, nous travaillons)

Men tout moun se moun
(Mais nous sommes tous des humains)

Se gran mèt la ki kreye n
(C'est le Grand Maître qui nous a créés)

Men pou kisa nou pa gen libète nou
(Mais pourquoi n'avons-nous pas la liberté)

Libète
(La liberté)

O Papa Danbalah

Papa Danbalah Danbalah

Ou konnen n se pitit ou, papa
(Vous savez que nous sommes vos enfants)

Papa Danbalah, Danbalah

Se ou menm ki pou pwoteje n
(C'est vous qui devez nous protéger)

Danbalah e, mape mande nan ki mizè pitit ou ye
(O Danbalah, je questionne la misère de vos
enfants)

Danbalah Wedo, mape mande lan ki lapenn piti
ou ye
(O Danbalah Wedo, je questionne les tourments
de vos enfants)

O Papa Danbalah

Ce fut le moment de passer à table. À la suite d'une courte prière, demandant à Dieu de bénir le repas et tous ceux qui allaient le partager, tout en s'approchant de la table, Matulie exprima son état d'âme (à) chaque printemps, depuis le passage de la vie de sa Maman au trépas, en ces termes :

Chaque printemps, je vis une plus longue agonie
Que la Passion du Christ depuis que t'es partie
Qu'il est profond ce vide que t'as creusé Denise !

S'adressant à ses amis qui ont encore le privilège de contempler le sourire de leur maman, elle ajouta ce qui suit :

Et à vous qui encore jouissez
De la seule présence de l'aimée
Votre tendre mère chérissez
Pour demain ne pas regretter
Les précieux instants galvaudés

Pour la délectation des invités, la soirée fut agrémentée d'un dîner « artibonitien », riz blanc, macédoine de légumes de lambi et de petit salé au « lalo[54] », arrosé d'une purée de pois secs rouges. Le bon vin coula à profusion et les bavardages se prolongèrent jusque vers une heure très avancée de la soirée, en l'honneur de Denise.

Tous les invités exprimèrent leur parfaite satisfaction pour une soirée si singulière et si divertissante. Quant aux mères d'un âge certain, elles en étaient toutes émerveillées. Tous, ils partirent avec le sourire aux lèvres en espérant se retrouver pour une rencontre du même genre dans un avenir très prochain.

---

[54] Feuille d'une légumineuse dérivée de l'épinard.

Mots de remerciements de Régine, la cousine de Matulie

Il n'y a pas de doute que Tante Denise, par son talent, a fait rejaillir sur nous son esprit pour la réussite de cette rencontre. Merci Tulie. Ce fut une soirée magnifique ! Toi, avec ta grâce, tu as su placer les limites du standard que nous devons tous suivre. Je ne puis m'arrêter de sourire en pensant à cette fameuse soirée. Je reste et demeure enchantée !

* * * * *

Suivant toujours l'idée du club « Les salons de Denise », une soirée de poésie, de musique et d'anecdote dénommée : « Soirée au bord du lac » fut organisée par les époux Prophète, le 16 octobre 2010 en leur résidence du « Lake on the Green », en Floride. Une matinée de prière, de poésie et de musique a aussi eu lieu dans « Les salons de Denise » pour la commémoration du dixième anniversaire de Denise, le 29 avril 2013, pour ne citer que celles-là. Depuis la création de « Les salons de Denise » d'autres rencontres ont depuis lors suivi chez chacune des dames présentes à la soirée d'inauguration et aussi d'autres amies qui se sont adonnées à cette ligne de pensée.

A. Vertulie Vincent, auteure

Née le 21 octobre 1953, Vertulie fit le parcours de toutes ses études en Haïti. Après avoir fourni ses services dans plusieurs Bureaux du gouvernement de la République et au Consulat américain, elle quitta le pays en été de l'année 1979 pour s'installer en Floride. Au sein du Ministère d'État des Services de l'Immigration et de Naturalisation, elle a assisté au placement, un peu partout sur le territoire américain, de ses compatriotes qui fuyaient l'île à la recherche d'une nouvelle vie. De retour en Haïti en février de l'année 1982, elle a contribué au magazine culturel de son beau-frère, le feu Dr. Carlo A. Désinor, « Super Star Magazine ». Elle en a profité pour poursuivre ses études universitaires à l'Institut de Gestion et des Hautes Études Internationales (INAGHEI).

La fin du régime dictatorial duvaliériste entraînant la déstabilisation, l'a contrainte à laisser, à nouveau, Haïti, en 1986, pour, cette fois-ci, s'établir à New York. Dans le dessein de parfaire ses connaissances dans la langue du pays, elle a appris les techniques de l'écriture à l'Université de New York. Le 8 septembre 1988, elle devint membre du personnel du cabinet du secrétaire général de l'Organisation des Nations Unies.

Vertulie a aussi participé à des émissions culturelles de radiodiffusion avec Jacques Dusseck,

Bob Lemoine, Lucrece Cangé et Clotilde Théus sur Network Technical Services et à des émissions de télévision avec Gina Sainvil « Bien dans sa peau » sur Télé Citronnelle. Pour célébrer le dixième anniversaire de la mort de son beau-frère, elle a financé la production du disque compact et du livret des poèmes inédits de Carlo, « Dis et redis pour elle ».

Très athlétique, Vertulie fut l'une des pionnières du football féminin en Haïti.

Son amour pour la danse, le football, le yoga et les plantes reste invariable.

Dieu a comblé sa vie d'un fils unique.

« ...Et tu t'en vas dans ta vie
En ton rêve
Avec des yeux qui chantent
La tristesse d'un monde mal fait ! »

Carlo

A. Vertulie Vincent